芒萁

陶发美 ~ 著

长江出版传媒

长江文艺出版社

诗是思想的精灵（自序）

平日，我即便在不写诗的时候，也一直在思考着诗：什么诗才是最好的？什么形态的表达才是最适合自己的？是世俗的表达好，还是超世俗的表达好？一看就明白的诗与让人完全不能理解的诗，哪一样更好？诗真的可以去掉情吗？等等。其实，这类思考没有答案。有时似乎有了答案，但一回到具体作品，思想又乱套了。

我写短诗，也写长诗。相比而言，我更乐于长诗的表现。本集子的第五辑就收录了我的几首长诗。每一首都是我喜欢的。长诗能灌注很多东西。长诗不可以小脚女人，却可以波澜壮阔。长诗虽然分行多，但要发挥短的章节的魅力，就是不要给人感觉密匝匝的一片，让人窒闷。

《周易》说："天行健，君子以自强不息。"写长诗，就应该效法于这种宇宙行转的状态，就应该把这种天与人的关系拉进来。

天行健，人行健，诗也要行健。

在一个集子里，不能只看到一个写作的模子。遗憾的是，现在的模子式写作很多。一个模子出来的东西，难免呆滞。就像一大桌子菜，只有一种菜品，会吃到厌恶。一个诗者就像一个大厨子，什么样的菜品都能做得出来。我希望我的诗集是我做的一顿艺术大餐。

我也不是刻意地去追求多样性的表达。但不知怎么，创作的冲动一旦到来，语言的形态几乎就是新的。尤其是我的长诗，单从语言风格说，各有各的一套表现。当然要避免那种俗套的表现。

收录在本集子第三辑的，有几首是二十世纪八九十年代写的，除了《蝉》有较大删减外，其余基本保持了原样。其中，《落日》《飘零的情思》《笋》《采石工》，曾分别发表于《飞天》《星星》《人民日报》《湖北日报》等报刊。收录它们，为的是留下一点回味。还有就是它们的时代感、它们的词语特征，也都有鲜明的印记。就如《采石工》，艺术上并不成熟，但那样的青春气概，现在就看不到。

本集子也收进了一些我写家乡的作品。我们这一代作者，对于二十世纪，特别的一些乡村生活，难免有些怀想。实话说，写它们并不是我所擅长。可是，总会有一些过往的光影掠过心头。不能不写，也就写了。

总的看，我的诗偏于抒情。近些年，有人为了追求所谓的现代感，企图把诗情中的那个情给挤干。这个我不苟同。诗里没有情了，就是个秕谷子。

从根本方面说，诗人就是个多情的尤物。不多情的人，是不可以为诗的。

我也会写一些看起来是超现实的作品。我的一个观点：超现实也是现实。再超现实的东西，它的根系扎在现实。有一些不太好理解的，那是故意地给了一些遮盖。一定的遮盖，是现代诗的魅力所在。不是为了遮盖而遮盖。有遮盖，反而有更多彰显。再说，一首好诗，它的秘密、它的意味是遮盖不了的，总会有泄露的。

不管怎样，我的诗都是为现实、为生活而牵扯的。没有现实和生活的牵扯，伟大的语言魔鬼便不能出现。

现代诗要避免一个误区，就是只从语言到语言，而不是从思想到语言。我们不认可一些作品，是因为它们满是生生造出来的语言。离开思想的语言，就不能完成诗的使命。没有思想就没有灵魂。我不能理解：为什么总有人要将一切劣质的后果抛给一堆语言？

诗的写作，若不是从我们的思想出发，而给到语言的担载是不幸的、残忍的。没有思想给到的伟大担载，诗的建筑就是一个垮掉了的建筑。

诗是思想的精灵。我也说过，诗是思想的怪物。不管哪一种说法，之于诗，思想的干系很大。

所谓思想，可理解为文以载道。在我们的文化里，这个道不应该局限。它应该推及更多个方面，应该反映出更多个世界。因而，我们把这个道和我们的思想相联系，是必要的，也是说得过去的。

所谓精灵，就是意往神驰，就是世俗舞台上的伟大舞者。作为思想之道，要往意上奔走，往意上发挥，往意上推广，往意上蜕变。

诗，毕竟是诗。诗的面目，不等同于道的面目，不等同于思想的面目。

机械式的思想，枯槁式的思想，还不是诗。没有意上的使命和奔腾，任何思想都不能自发地走向诗。

我们的写作，如果显现不出作者内心的涌动，又不能在意上有特别的发现和表现，就会出现一个病态，即语言的指向力不够。那些泛泛的、飘飘的、不着边际的、假把式的语言不可取。

语言的指向力不够，就是我们缺乏一把思想的银锄，对一定题材的意旨缺乏深刻的掘进。其后果，就是那个所谓精灵的东西出不来，而让一堆失败的语言把人的存在给埋掉了。

法国人帕斯卡尔说，"人是一根会思想的芦苇"。这个说法很有意思。人的存在，人的最高级存在、最伟大存在，就是思想的存在。

而在我们的诗里，人的最高级存在、最伟大存在，就是思想精灵的存在。

陶发美

2021. 8. 12

目　录

第一辑

第四辑

第五辑

第一辑

这一回，所有的白

都是擦不去的白

所有的蓝，都是擦不去的蓝

树　影

月光下，再现了美艳绝伦的爱人
一只娴静的小鸟，趁势一跃
越过我的脚尖

这是什么，怎会发出朦胧的光来
这是什么，在照耀着我的溃败
一次照耀还不行，还要不停地照耀

这个世间啊，也不过如此
不过是布满了凌乱的脚印

不去分辨那些摇动的魅影
随之进入曼妙的时空

好啦，一种被催眠的感觉
像水墨画一样恣肆润染

你有一枝一杈，我也有一枝一杈
我们的聚合天经地义

我变成了你的一枝一杈
你变成了我的一枝一杈

此刻，月亮刚好隐去

——诗歌刚好诞生

2017

光合作用

当天空陷落于一方手帕
我心眼里的那点儿想象，犹如
一只远古之鹰的豁然坠亡

窗棂边，那只胆小的小鹦鹉总算安静了
这不禁让人喟叹：黑夜啊
为了屈从太阳的意志
没有懈怠过一次，你锵然的脚步
有着多么大的惯性

当一粒萤光绕着故乡的竹林飞旋
我便知晓了，母亲已离开了墓地
她的美丽弥漫了整个星空

拒绝光照的原野，却有一束磷火在闪烁
我恐惧极了！这灵魂的绝望
怎地讲述给那片曙色？

出人意料，一个女人的泪光不再照亮我了
从此，我常在梦里看见
一座诗人的殿堂
在一把黑布伞下坍塌的影像

2017

一场爵士音乐会

多么强大的夜幕笼罩下来，但这并不可怕
只要光还在灌注，只要光还在朝着我们的土地灌注
——大地就会生长
——苍穹就会生长

光啊，宇宙之孕生——

光啊，若是折断了，那也并不可怕
只要像天雷一样震响的马蹄声——由近及远
只要那小船、那桅杆、那浪涛
——由近及远

马蹄啊，小船啊，桅杆和浪涛啊——

纵然前面的道路折断了，那也并不可怕
只要手中的画笔还在
只要那簇如雪的玉兰花——还在天际之遥
还在一抹红霞之上
——优雅绽放

2017

你占领天空的方式很特别

不知是哪儿来的功力
你自然而然地占领了天空

你占领天空的方式很特别
比如一朵灰色的云，那云的边缘上的
一片霞

比如黑夜里绵延的山影
那山影上的一粒星

比如一弯静月的钩
那钩的妩媚

比如苍穹的蓝
那蓝的呼吸

比如一排人字翅翼的坠亡
那坠亡的回声

比如小城边你蜗居过的小楼
——那昨日飞走的空

2016

雪和花：冬天的吊唁

1

一米之外

我看见了雪

我看见了雪夜的发髻完全乱了

我看见了雪亮的鞭子

——抽打在料峭的枝头

2

一米之外

我看见了雪

我看见了雪的祭礼

我看见了一大块雪盖住了一大块墓碑

我看见了一大块墓碑盖住了一大块山坟

我看见了，一大块山坟

终没能盖住一大块火焰

那是雪的火焰，那是千年故国

——灵址上的火焰

3

一米之外
我看见了雪
我看见了，一个六角形的花仙子
又一个六角形的花仙子
又一个六角形的花仙子
在一朵朵梅蕊里
——绝命地转动

4

一米之外
我看见了雪
我看见了雪的灰烬
我看见了灰烬里的星辰
我看见了星辰上的风声
我看见了
风声
——夹杂着号令

5

一米之外
我看见了雪

我看见了山鬼、国殇

我看见了抑郁诗人的背影

我看见了月亮的瓷片

我看见了

和雅、静远，而又

——深满的梵音

6

一米之外

我看见了雪

我看见了雪的花、梅的花、梨的花

江山的花、猛士的花

白雪公主的花、七个小矮人的花

它们，全都是

跪伏

——而又企立的花

2020.3.6 写于深圳

白和蓝：生命的陈词

1

月亮是白的
天穹是蓝的
要是往日，一个天穹之父的目光是浩瀚的
可这一回，他已转过了身子
他难以面对的是一次人间的苦难
要是往日，一个月亮女儿的眼睛
要有多清澈，就有多清澈
可此刻，她躲到了一个云窟里
就像一片霜叶下的秋虫
——隐约传来了她的泣声

2

瓷胆是白的
瓷花是蓝的
在你的白里，依然可见
我的一小匙蛙声就能灌满的山村
依然可见，我用一坨泥巴
捏着小矮人的童年

在你的蓝里，我刚得到了不幸的消息
那个有名的画师死了
我还来不及告诉他
——就在我老家的山野
一些与他画作里相似的藤蔓还在那儿摇动
那个不再冒火的窑口
——更像是一次死去的雷声

3

云帆是白的
沧海是蓝的
我不说，你们也知道
这是李白的豪情打动了我
不过，这一回
我是把楚天下的每一个白衣使者
都看成了云帆
我是在每一个白衣使者的眼睛里
——都看见了沧海

4

柴可夫斯基是白的
施特劳斯是蓝的
不管是在柴氏的白里
还是在施氏的蓝里

好像都有夜莺的鸣叫

柏拉图的床是白的有什么用？

它没有飞过来

里尔克的床是蓝的有什么用？

它也没有飞过来

我们，我们的床呢？

——我们白的床，蓝的床呢？

5

那个演讲人的姓是白的

他的背景是蓝的

有一个时间，台上镜头的一个跳转

我看到了，一片蓝里的白色鹿群

一片奔走在长江之岸的白色鹿群

我听见了，迎娶它们的

——是蓝色的鼓瑟和琴声

6

加拉诺鲨是白的

老人与海是蓝的

那个白，是勇敢者的宣言

那个蓝，是给勇敢者的致辞

那个白是迷人的

那个蓝，正眯着眼睛欣赏它

那个白总要跃起
总要向那个蓝要回存在，要回尊严
——要回波澜

7

狮子是白的
梦是蓝的
这降生于天国的王者
它的战袍自带光芒
可这一回，它走进了一场梦
不知不觉，它的白袍变成了蓝袍
它啊，突然咆哮着一个掉头
朝着那个蓝的方向
——奔跑

8

一米是白的，天涯是蓝的
柳絮是白的，河流是蓝的
街头是白的，窗口是蓝的
表白是白的，承诺是蓝的
疼痛是白的，诗歌是蓝的
美人是白的，江山是蓝的
萝卜是白的，茄子是蓝的
肉体是白的，灵魂是蓝的

墓碑是白的，磷火是蓝的
时间是白的，空间是蓝的
失败是白的，胜利是蓝的

这一回，所有的白
都是擦不去的白
所有的蓝，都是擦不去的蓝

这一回，所有的白
都翻起了银河的潮涌
所有的蓝，都在守护着一个个果壳里的生灵

哦，银河是白的
——果壳是蓝的

2020.2.13 写于深圳
2020.2.18 改于深圳

抽象的镜子

我喜欢你收起翅膀的样子

我看见你翅膀上的血痕和飞翔同在

我喜欢你把天空变成一枚抽象的镜子

我看见一些很像行吟诗人的鸟儿

在镜面上走来走去

而一些喙儿很长的鸟儿

全都冲着镜面

——猛啄

唯一的朋友

不得不承认

你是我唯一的朋友

你安然、忠实、笃定

却让我无所作为

却让我固执于不敢和那些舞起来的

那些飘起来的

那些滚动起来的

那些嘴角上挂着炮仗的人物

——做朋友

光芒是内向的

这有什么不好呢
光芒是内向的
像一个伟大的名词
细听吧，并不产卵的石头里
——发出火的声音

泥沙味的雕像

站在你的对岸

你的泥沙味成了一种力

一种坍塌的力

一种流逝的力

随你一起坍塌和流逝的

除了时光的呓语

还有那些古老的

——带着泥沙味的方步

一只羊羔的命运变奏曲

一只羊羔

跌落在一片铁的声音里

那声音一会儿白了

一会儿黑了

一会儿像天轮一样绽放

一会儿像霹雷一样炸响

于是，一只羊羔也学会了

仅仅为了壮胆，对着一片山川

——咩咩几声

吃下回声

鱼缸里
鱼的眼睛突然瞎了
我抛下饵食
可怜的鱼儿一点也看不到
也吃不到
饵食落下，再落下
波光粼粼
回声浩荡
我看见，可怜的鱼儿
一粒一粒地
——吃下回声

一片夜

因为夜

我才陷入了一片夜的思索

我深知昨天的命门和明天的死穴

不可触碰

不可触碰啊

一旦触碰

一片夜

一片山川一样的夜

一片天下一样的夜

要么被一个叫作矩的怪物吞噬

要么被一个叫作庄子的人物

——盗走

梵高是一把剑

因为梵高

那片金黄让我迷恋

那片太阳下的麦地让我迷恋

那片耳幔的战栗让我迷恋

那片太阳的光焰让我迷恋

梵高啊，早已不是梵高

梵高是一把剑

一把剑，不为金黄而战

不为麦地而战

不为耳幔的战栗而战

不为太阳的光焰而战

——还是剑么？

你应该把帽子取下来

你应该把帽子取下来

把眼镜摘下来

把胸前的最后一颗扣子扯下来

你应该，继续宽衣解带

我不要，不要你的淫笑

我要的是一个灵体

一个真实的灵体

一个光辉灿烂的灵体

一个只有天上才能有的

属于我的

天然的、纯净的、白月光一样的

——灵体

砸石头

什么时候

我动了砸石头的念头

那就砸吧

那就把石头砸成粉状物

不见血流成河

不见山岳震颤

那就再猛烈地砸吧

不要泄气，一直把

那个叫作矩的家伙砸出来

唉，我是多么可笑

原来，矩的伟岸、矩的行走

矩的执拗

不是石头里

——能藏得住的

大海也有卑微的时候

大海，这痴情的小子
它的爱，被它的岸完全阻截了
那些礁石、帆樯、飞鸟、渔歌
全都无动于衷
它一点办法也没有
它的浩瀚等于零
它的烟波等于零
它的幽蓝等于零
它的无休止的泣吻等于零
冷漠的岸、时间的岸、苍凉的岸、闪烁的岸
渴饮着
——它的卑微

我，树

和我一样，那些树
都是一场暴风雪生养出的孩子
不同的是，我的道路飘悠在天上
树的道路流淌在枝叶的旋律里
我与我是孤单的
树与树是合伴的
我与我的耳语不断被风掠走
树与树的耳语，却最能阻挡
此刻
——我后退的脚步

古　道

古道、西风

不见瘦马

两朵白云，像宇宙那边走来的两位老人

落叶们表情肃然

拥挤在它们的影子里

我的出现

像一声金色的虫鸣

穿过它们的影子

穿过一个秋日的遗照

穿过一本慢慢合上的

人类的

——日记

万千洛夫

有不死海

就有浪花

有浪花，就有不死海

一朵浪花的声息

小如一只眠蚕

而万千浪花就不一样了

万千浪花，簇拥着万千洛夫

——在海里欢叫

纸　鹰

一只纸鹰

一只纸扎的鹰飞得很高

却一点也不会盘旋

更不会俯冲

突然，天上出现了惊人的一幕

一只蜈蚣，也是一只纸扎的蜈蚣

迅猛地向它扑去

我看不清它躲闪不及的眼睛

却听到了一声撕心裂肺的惨叫

顷刻，一道尿线

飘然而下，从此

——绿草地上湿漉一片

栈道上下

栈道上下真是天壤之别

上面是行走的人

下面就成了倒影

上面提着菜篮子的、推着婴儿车的

抱狗的、遛狗的、漫步的、骑车的、奔走的

都是普通人类

一旦成了栈道下的倒影

就变得神秘了、奇怪了

不可思议了

不是总在问么：我们从哪里来

又到哪里去

其实，只要看看栈道上下

看看那粼粼波光

就有了答案：一路从尘世走向桃花源

——一路从桃花源走向尘世

一只小小鸟

一只小小鸟在枝叶间
叫来叫去
它真是一只小小鸟
它还叫着，还叫着
简直看不见我的存在
我倒是看见了
一小片翠叶落了下来
又一小片翠叶落了下来
它还叫着
像是没事找事
非要把远处的雷声拉过来
拉过来
——再留下来

马丁·海德格尔比我一百个爱雪

老家一下雪

我就禁不住要看一看深圳的天

深圳的天上飘着一片片白云

一片片白云上，好像蓄满了雪的声音

毕竟没有亲自踏上老家的雪地

很不甘心

恨不得凌空来一个"天"字扑①

没有雪

往哪儿扑啊

——扑在了一本书上

没想到，那个马丁·海德格尔比我一百个爱雪

他的身体

他的影子

他的胡子

他的存在主义

他的汉娜，连同

他的黑森林和小木屋

——全都扑在了雪里

---

① 一个人四肢伸开猛地扑在雪地上，雪地上会留下一个人形，也叫"大"字扑。

夜夜铁声

偏偏在我犯困的时候

铁们就开始叫唤

是不顾人家安宁的叫唤

每一粒空气也灼疼

天上的尘埃都在垮落

铁们还不甘寂寞

不但跑进了我的梦里

还在一只梦蝶的翅膀上舞蹈

梦蝶的翅膀上晨曦初露

美丽而诱人

突然，翅膀碎裂

蝴蝶落在了地上

——我也落在了地上

守株待兔

真的很有趣，两个守店的中年女人
像是一个母胎里产出的
她俩个头一样硕大
皮肤一样松弛而白胖
一样地脂粉妆
一样地蒙娜丽莎微笑
一样地并腿坐在半拉门帘的一侧
眉眼里，一样地守株待兔
这年月，守株待兔有了新的篇章
那兔儿不是朝着"神力油"的牌子撞去
而是
——在一个时间之外跳荡不已

2014. 4. 2

如果你是一滴水

如果你是一滴水
大海就有了突然翻腾的理由

如果你是一朵恶之花
黎明前的幽兰就该凋零了

2014. 4. 24

奔　跑

如果我的奔跑
让你想到了江流
那也是值得的
因为，我也和你一样
正在寻找晚霞里的涛声

如果我的奔跑
让你听到了原野上的哭泣
那也是值得的
因为，此刻的小萤灯
刚好照亮了
——山野上母亲的墓地

2015. 3. 21

小　园

鹤去了又来

梅谢了再开

——这才是我的小园

2015. 5. 2

鹦鹉和绞索

一根绿色的小绳子不过是多了个圈圈
不过是凌空荡悠了几下秋千
可一只小鹦鹉太不走运，它竟然让一次快乐的飞翔
和一道飘扬的绞索
——套在了一起

2015. 5. 8

倒　影

我只要一弯腰

就能看到自己前世的倒影

而自己的今世，只隔着一块青石

——三寸静水

2015. 5. 9

重阳节的外衣

我喊喊口号，口号迟到了
我哼哼小夜曲，小夜曲迟到了
我想写一首狡诈的诗歌，狡诈按时来了
可诗歌迟到了
我想换一件重阳节的外衣
重阳节按时来了
——可那外衣迟到了

2015. 8. 2

一粒露是白的

一粒露是白的
一粒露是黑的

一粒露为露
一粒露为霜

一粒露高悬于星月之上，
一粒露在太阳下坠落

其实，也不是坠落
那不绝于耳的，是大地的回声

2015. 9. 3

宇宙之门

一个宇宙之门
最静肃的宇宙之门
让我的黑、我的夜
我的思、我的想
我的命、我的运
——列着阵地走进去

2015. 10. 3

大地赋我以形

大地赋我以形
得先赋石头以形

大地赋我以生命
得先赋石头以生命

大地温文尔雅
——石头早已撞开了我的黎明

2016. 3. 9

我的左侧面相

电梯里的三面镜子
让我平生第一次看到了自己的左侧面相
它的无动于衷和不谙世情
让我惊讶
我试着做了几次笑脸、鬼脸和哭脸
十分讨好地想改变它
可它似乎识破了我的阴谋
竟以尖尖的鼻子为首，引诱
——我孤傲的灵魂出窍

2016. 7. 19

月亮石

月亮石，归于游魂的月亮石
归于幻灭的月亮石
归于铭记的月亮石

不用考证，这就是屈子端详过的月亮石
这就是千古涛声
——洗涤得亮灿灿的月亮石

2016. 8. 2

月亮山

月亮山上站着我的爱人
月亮山上结满了泪光

一万年太久，月亮山上的爱情
就像长不大的孩子

一万年太久，月亮山上
——夜不变色，风不改向

2016. 8. 9

语言学

"早晨好！"是皇帝教我说的
"吃午饭了吗？"是皇后教我问的
晚上该说什么呢？
"安息吧！"
——美丽的丫鬟噘嘴而去

2016. 11. 2

一个女孩说

一个女孩说
她不能走过了关山口的小石桥
一旦走过了，就等于答应我了
从此，我每一次走过关山口的小石桥
——就像是实施了一次阴谋

2017. 4. 30

躲着躲着

太阳躲着大地
月亮躲着天空
太阳和月亮都想躲着对方
躲着躲着
——它们同在一幅画中

2017. 4. 30

海　狗

千万只海狗的号叫
替代了落日的号叫
千万只海狗的呜咽
替代了落日的呜咽
千万只海狗的绝望
替代了落日的绝望

2017. 9. 3

一支画笔

一支画笔要走到山里

我说，那就走到江山里

一支画笔要走到水里

我说，那就走到天上来的黄河水里

一支画笔要走进月宫里

我说，那就走进一枝梅的黄昏里

一支画笔要走向麦地

我说，那就走向

——一把剑的光芒里

2021. 8. 7

线条万岁

面对黄河、长江、长城
我在心里不禁喊了一声：线条万岁!
面对彩虹、塔影、雁翅、孤烟、闪电
我在心里也不禁喊了一声：线条万岁!
面对一切看得见的或看不见的道路
我在心里还是不禁喊了一声
——线条万岁!

2021. 8. 7

艾略特的四月

艾略特的四月

被一场无常的风暴证明了

我一把抓住的全是花粉们的尸体

还有台阶上的

还有石缝里的

还有躺在叶掌上的

金黄色的身子

金黄色的微尘

这太阳血炼制过的死难

我得凭吊呀——

我轻轻地、轻轻地将它们撒在一片湖上

像莫奈的睡莲

它们漂着，漂在波光里

——全都不像是死了

第 二 辑

我有理由相信

梵高会来，他会高举画笔

迈着太空步走来

《三国志》之东风志

从《三国志》里
窜出来一条飞龙
它不接受任何人的安抚
一溜烟去了长江南岸

故地重游
难以记起：盔甲的风采
曾是血染的风采

涛声依旧
人声鼎沸
这遗址上的建设
已失去了战争的蓝本

看过了武侯宫、庞统庙、周瑜像
看过了陈旧的石刻、萎靡的旗幡
哪些是可亲的、哪些是可憎的
它们是哪个阶级的
全都分不清了

"三国"志士们的国籍
已一概作废

它从没想到

只要回到三千书页里

自己的英姿，却是一幅

——很抢眼的图案

东风像一只饿虎

你看
刘备、周瑜、程昱、诸葛亮等一帮人
还站在赤壁矶头笑着

你看，一帮不写诗的家伙
还站在赤壁矶头笑着

他们当然不知道，在对岸
一位刚吃了败仗的诗人也在笑着
他怎么能笑
还哈哈大笑

涛声不息，硝烟未散
东风像一只饿虎
直往长江以北猛扑

一位诗人为了逃命，飞身上马
猛一挥鞭
——驰进了云影

致杜牧

可爱的杜牧先生
那个戟就不要再磨洗了——

好好珍藏它的六百年锈体
或还与它八万里江涛吧

那个戟，谁还想再见它那光呢
那光，闪闪的、灿灿的、寒气逼人、血气弥漫

东风着实刮了三天
火魔的表演堪称上乘

可爱的杜牧先生，历史不容假设
折戟沉沙已归于天命，该谁赢，谁就赢了去好啦

江山美人
铜雀春深

殊不知，一个喜欢观沧海的将军
最深爱的是一个能吟悲愤诗的女人

东风树

与一滴水谈爱情
一滴水说，它已在一片叶子上闪光

与一只鸟谈爱情
一只鸟说，只要树梢上的天空还在
它最快乐的，就是飞翔

与一棵树谈爱情
一棵树说，它是蔚然的东风树
它是万道霞光中的东风树

东风生
万物生

东风长
长江长

东风在
诸葛在

东风梦
羽扇纶巾梦

东风吟
北方铜雀吟

东风笑
等闲识得东风笑

东风哭
小楼昨夜东风哭

东风树
天地合气东风树

哦，扶摇而上的东风树
光天化日的东风树
——不死的东风树

借东风的秘密

谁骗过了周郎
谁赶走了曹操
谁让刘备和孙权那么快地进了梦乡

就连想象力超群的罗贯中
也不知道，是一大碗茶的真功夫
改写了一部青史

一只大碗里
烟波浩渺、翠风荡漾
一片波纹，有密有疏、有缓有急、有色有香

好一个诸葛先生！
没有无比深邃的眼力
怎能看得清
三千年茶色里的风向

东风祭

有说，你生于青蘋之末
也死于青蘋之末

有说，你没死
你还沉睡在一个古老的经筒里

有说，你不死也得死的
你必死于玩火者的定律

有说，你不会死的
赤色的灵魂化作了火焰
且歌且舞
像一只火烈鸟

有说，你还活着
在你栖息过的洞穴里
有一千个、一万个
——你赤裸的影像

七彩东风

把东风分成七彩
是伟大爱者心灵的一次化学反应

分成七彩
母亲发髻上的银簪就不会滑落

分成七彩
就用"一彩"点亮故乡秋夜的小萤灯

分成七彩
山风依然和煦，山野依然灿烂

分成七彩，天空和大地一样喜欢
分成七彩，人和魔鬼一样喜欢

唤醒白雪公主的，正是七彩之爱
恰好，恰好，彩虹也是七彩

七彩东风七彩梦
七彩世界七彩诗

七彩夫如何？

"一彩"青未了！

七彩夫如何？
"一彩"情未了！

残破的《三国志》

一向的地球的舞步
一向的手握刀戟的勇士
一向的星光闪耀
一向的月亮不认识战争

一向的小蛹们
在一个破的茧子里猜拳打闹

哦，残破的《三国志》
残破的河山

一向的破的茧子
一向的拨浪鼓一样破的茧子
又怎地经得住
一个诗人加上
——几只大蛹的摇晃？

2021. 8. 30

董　卓

千里草，何青青；

十日卜，不得生。

——《后汉书志》京都童谣①

一

要是那位董姓的男人早早知道

自己有一滴过于豪强的精血

会酿成天下祸水

他就应该提前一个晚上患上一场禽流感

让自己死去时快一点

或是，用一场现代男人的暴力

将他的女人赶回娘家去，哪怕

荒废了一身激情也罢

哪怕闲得无聊，跷着二郎腿

坐在自家阳台上，很迷醉地

——看着月亮

---

① 见《后汉书志·第十三·五行一》京都童谣，"千里草"为"董"字，"十日卜"为"卓"字，"何青青"，意即怎么会有繁盛呢？"不得生"，意即破亡，不得重生。此童谣表达了当时京都百姓对董卓的愤恨。

二

又或是那位董姓男人早早知道
自己有一滴过于豪强的精血
已不可逆地，在一个女人的肚子里
肆无忌惮地发育壮大
他就应该提早一点撬动自家门前的一块石板
不偏不倚地盖住那崽子的肚脐眼
一个没有肚脐眼的家伙，谁家的坏小子
何处插得了捻子？
——又何处点得了天灯？①

三

西羌，西羌
一个让人禁不住要写抒情诗的地方

西羌，西羌
却是一个懦弱的村妇
惯坏了一个大小子
少给他一些酒喝不行么？
少使一些怂恿的眼色不行么？
不给他送去那么多的牛头不行么？

---

① 董卓死后，暴尸于市，守尸小吏在他的脐眼上插上灯捻子，点起了天灯。

一个二愣子
手握西羌，又掷出西羌
一个石弹子
——击破了天苍

四

二愣子的身体在膨胀，欲望也在膨胀
天下人骂他走了一着臭棋
——废少帝，立献帝

其实，这小子一生就走了这一着妙棋
逼其宫、将一军
昨天还不知大尉是个什么官
今日，就像厨子尝鲜
——这般便当

五

这时局，真是梦幻
一个偌大的东汉，一下子生出了好些异象
生者，符节也；死者，斧钺也；出生入死者，虎贲也
郿侯者，是也；相国者，是也
太师者，是也；尚父者，是也；乘青盖金华者，还是也
鄠侯者，弟董旻也；中军校尉者，兄之子董璜也

好一个"兄及弟矣，式相好矣"①！

又及：董母之荣，本名不要了
封号池阳君是也

噢，这"一人得道，鸡犬升天"之非物质遗产
因董太师非凡功力的加入，也真是
薪火有种，生息无限矣！

六

看每天他那得意的样子
就是把豹子身上的花纹
当作了老虎皮上的荣耀

看每天他那忘形的样子
不知哪一天总会有小豹子扑了过来
果然，王允和吕布扑了过来
不过，他们尝到的
豹子胆的味道，定然
——不是山珍的味道

2014.5.8 写于在有书屋

2016.7.5 改于在有书屋

2016.7.8 再改于在有书屋

---

① 见《诗·小雅·斯干》，此处有讽刺的意思。

拜东坡

曾以为，拜过大江东去
就是拜过东坡了

曾以为，拜过一块刻画过的石头
就是拜过东坡了

曾以为，拜过黄州那块璀璨的土地
就是拜过东坡了

可是
苏子瞻的官衣、官靴和笏板
还在那儿闪着光呢，还有他的谢恩表和宋神宗的圣旨
像两只猫眼，也在那儿闪着光呢
要拜东坡，这能不一起拜么？

一群多事的乌鸦在柏枝间叫唤
御史台的两个兵卒，魁然而立在苏子瞻的身后
要拜东坡，这能不一起拜么？

还有那个监牢、锁链
还有一条鱼送来的死亡信号
也都在那儿使劲地闪着光呢

要拜东坡，这能不一起拜么？

大江高悬
月亮高悬
石头高悬
东坡高悬

我啊，拜东坡
也是幸运

以至那星语，那苔藓，那虫鸣，那梅影
以至，那一千年的诗魂，一万年的词魄
我都一起拜了！

——我都一起拜了！

2021.2.16 写于黄州

闻一多没死

闻一多没死

随着一片血流的方向
他还在继续演讲，继续呼号

把一个"家"字和一个"国"字加在一起
——就是我们要的尊严
把一个"诗"字和一个"人"字加在一起
——就是我们要的使命

闻一多没死！

此刻，我就站在闻一多的面前
他正把《七子之诗》读给我听

他正给我解说：一沟绝望的死水
断不是美的存在

闻一多没死

那个为我的祖国，为我的民族挡住子弹的闻一多
——没死！

刚刚

就在一面中国的墙上

他的一头乱发，已燃起

——无数烛光的模样

闻一多啊，他没死！

——没死！

2021.2.19写于在有书屋

端午幽思

端午，我一个人的幽思去不了楚国
楚国已不是国，子兰不孝，怀王必死
谬种还做种，谗言仍飞花

端午，我一个人的幽思去不了《离骚》。
那里的诗韵已忘了悲悯
那里的屈子像孙猴子复戏法
复出了千万个屈子

端午，我一个人的幽思也去不了江河
那里惊涛拍岸，可我是溃决的岸
倒在了《天问》里
——却返还不了一天的回声

2021.6.13 改旧作

走向山脉

爱过之后

恨过之后

就该走向山脉，就该聆听

这伟大骨骸的奏鸣

就该平心接受，那一叠一叠乌云的存在

它们横空出世，并不构成生物性的恐吓

它们，或以山岳的名义

或以马群的名义

——只为仿造一场绵延不绝的梦幻

那古冢里陪葬的铁器

——除了终年冒着栗色的火焰

还隐约发出苍凉的男声

那爱河，从天上落下

——已化作乳峰

乳液，哺育着山魂水魄

一切流淌的、奔涌的、变化的不是叛逆，也不是离散

是拥戴

——是这伟大骨骸的和声

顺着先祖们的背脊看过去

再看过去

一直看过去——

横空出世者早已退场，星们刚好完成膜拜

山崖们就接着眺望

一片红云里，踟蹰而行的

尽显一路

——献祭的羔羊

时光里的斧子

时光里的斧子

没有灯，就让松节油燃烧

把一切黑、一切夜

还有炉火的影子

一家人的咳嗽声

孩子的读书声

——全都烙在了墙上

烟熏火燎的日子格外疼爱斧子

斧子也成了长不大的孩子

它会掉到黑夜里淬火

会在一个男人的眉眼间跳上跳下

会在一个女人的叨念中磨洗于夜空

它还会学着小松鼠

展现飞跃在栗枝间的绝技

还会化成一道春日的犁沟，水哗哗地叫唤

斧子，时光里的斧子

就像一句古老的格言

从没有放弃栗色的闪烁

它最后的光阴

还被一节虬龙般的诗意

——点燃

此栈道非彼栈道

明明知道，此栈道非彼栈道
但我还是看到了
两千年前的那次阴谋一直在飘摇
——却不垮塌
一场山河的豪赌还在两片残损的鹰翅上展开
我还是踩到了时间的痛点和哭声
还是以为，那个后仰着身子
以四十五度角拉着一只大黄狗
——走过栈道的女人不识时务
还是相信，那个穿着红色单衫
提着蓝色小桶的小男孩
——只要走出栈道，就会长大
我甚至想过，作为告密者的月亮过分悠闲
——应该永远藏匿
是啊，天穹上的裂缝还冒着火舌
最后的山谷里，漂浮的还是那一团褐色的幽魂
天空翻转了，奔袭的翼龙只剩下半条腿了
太阳的尾巴尽管扫荡过遥远的潮音
但此刻，正被一路天边来的马蹄声
死死拖住
——不肯舍下

太行石

孩子们高兴地说
太行石上有一只大象的耳朵和鼻子
我对着自己说
奇怪啊，我看到了血色和雪粒
看到了《天演论》
看到了黑洞
我还看到了一堵墙
一堵幽色的墙
一堵挂满了咒语和颂歌的墙
一堵一万年也不倒的墙

我还看到了一道道墙缝里
满是
——怯生生的自己

2017. 12. 10

塔　尖

那个罪孽的孩子

她在天上炫舞

音乐的波流荡彻心扉

一切地下的止水和幻想

扶摇而上

那个罪孽的孩子

她把整个宇宙带进了自己幼小的身体内

她是在自己幼小的身体内炫舞

她是一个精灵

一个台柱子

她是天上的孩子

她，只有炫舞、炫舞

无休止地炫舞

这光芒四溢的舞台

——才不会塌陷

面　具

月亮湖里

野百合盛开

我依稀看到

——无数个自己的叠像

在粼粼波光中前呼后拥

我徒然地想着

要给每一个叠像起一个名字

起一个独特而响亮的名字

可是，他们表情异样

有些慌张

像一群谎言的制造者

沿着一条狭长的甬道

向着远古遁逃

而当他们一起返回的时候

全体都戴上了一副

和我一样的

——面具

我写过

我写过竹笋
与一只苍鹰的调情
但我没写过
竹笋一边飞翔
一边却去掉了自己巡天的
——翅膀

我写过蚯蚓
靠吞食黑暗的颗粒长大
但我没写过
它被割掉了头颅
却还在那个故土上
劲爆地
——神舞

我写过
在三月的早晨隆重出嫁的棠梨
但我没写过
在六月的黄昏
她找不见自己年轮时的
——泣声

2019. 3. 22

梵高会迈着太空步走来

一

梵高的耳幔上
有一条神秘的天路
只有癫狂的天行者
才被准入其中

二

我天性笨拙
多亏了梵高
推着我在宇宙间旋转——

旋转到了正午时分
天堂在下，地狱在上
它们色彩斑斓
相映成趣

旋转到了黄昏时分
一朵寂寥的葵花
描绘着一颗失忆的朝露

旋转到了夜深人静
我看到，梵高的调色板上
死去的，竟然
不止一个太阳

三

我有理由相信
梵高会来，他会高举画笔
迈着太空步走来

哦，他真的来了
这一回，他改变了以往的习惯动作
凌空画了一株麦穗
摇了摇
晃了晃
然后，吹出一股烈风

从此
金色的麦浪只在天上翻滚
——并不亲近尘埃

2015.11.8 写于在有书屋
2016.5.16 改于在有书屋

一堆声音在对弈

每到夜晚，小区娱乐中心的一角

几个象棋盘上同时开战

观战的总比参战的多

忍不住暴露杀机的多

输得多赢得少的还是那么一两个

耍赖悔棋的还是那么一两个

只赢得起输不起的还是那么一两个

关键时刻连出昏招的还是那么一两个

哪怕输掉一盘棋再输掉一盘棋，也不听旁人点拨的

还是那么一两个

一边下棋一边吞云吐雾的就不止一两个了

隔远一点看去

就是一堆岁月在闪动

一堆声音在对弈

2017. 9. 13

谁是妈妈谁是保姆

如果有两个年轻女子都带着孩子
你们一眼能看出谁是妈妈谁是保姆吗？
我是看出来了，是妈妈的
会挎着一个镶着金边边或银边边的小包包
是保姆的，胸前会挂着一个背凳子
其实，从她们的表情也能分辨出身份
若是妈妈，那一分幸福、两分沉醉
——再加上七分侮慢都挂在脸上
若是保姆，一旦孩子奔跑起来
她的那份使命，那份惊慌，那份无措
——也都挂在脸上

2017. 9. 13

暴风雨中给我送伞的女子

好大的雨
不是雨丝雨线，而是雨棍、雨枪
雨箭、雨蒺藜
她看见路边避雨的我
就说要我等着她送伞来
她果然来了
一把小黑伞压在她的头上
像一只蝙蝠撞了过来
她递给我一把淡紫色的大布伞
却一刻也没停留
边转身边说出她的楼号和门牌号
"不要急着还，不要急。
——啊。啊。"
说话间，像一只燕子
飞进了暴风雨

暴风雨中给我送伞的女子
——我不知道她是谁

2017. 9. 14

他比我更像个诗人

为了让推着自行车的他先过

我将铁门抵靠在旁边的铁栏杆上

可他一个劲地朝我挥手

我也一个劲地朝他挥手

算是碰上鬼了，他就是不走

好一阵僵持，他总算走过去了

谁知，他没走几步

猛一把将自行车推倒一旁

一脸怒气朝我奔来

没退路了，必将迎接一场莫名之战

可意外再次发生

他没有扑向我

只见他一只手抓住了铁门的外框

用一侧肩头撞击了过去

肩头撞击了铁门

铁门撞击了铁栏杆

一连串铁的声音撞击了一路行人

"我要砸烂它！砸烂它！

——这门！

——这门！

——这门！"

他大喊着拍了拍自己的肩头

步履铿锵

扬长而去

我不知道其他人看着他怎么想

我想的是

——他比我更像个诗人

2017. 9. 14

遇　险

突然，一阵寂黑
电梯下行变成了下滑
站在我前边的是一位老者
"完了、完了……"
他的喘息又急又重
左边我的妻子神色紧张，不知所措
右边我的小孙子倒是沉静
他让我按铃报警
我一手按住警铃让它一直叫，
一手按安全常识上教的
从第一层的按钮依次往上按一遍
再按一遍
不仅没引来任何的回音
哪个按钮也没能亮灯
幸运的是，电梯只是下滑、下滑
而不是坠落
哦，门开了
我赶紧伸手挡住门的一侧
在其他人走出的瞬间
我仿佛看到了大海深处
一艘大船
——汽笛声声

2017. 9. 15

孔明扇

哦，你那个扇子
不就是孔明扇吗
一个打着遮阳伞的中年女子站在了跟前
她指着我手里的扇说
这种扇子有佛性
它的风特别柔和
扇一扇让人心眼明亮
——很新鲜的扇子理论
我连声说：这是羽扇、羽扇
羽扇纶巾的羽扇
诸葛亮的羽扇
是，是，就是那个扇！
就是那个扇！
——就是那个扇！

2017. 9. 17

根　脉

我断定

泣血的凤凰曾经来过皂角树下

你们不信么？那就让老水牛的尾巴

扫下神龛上的灰烬给你们看

你们还不信么？那就让千百只凤爪

堆积成刺扰的景观给你们看

你们还真的就不信了

那就让先祖们聚集到皂角树下

猛烈地擂响六月的秧鼓给你们看

哦，我的亲爱的人类还依然不信么

那就让那个瞎子老人摸索着、摸索着

在一堆腐叶里

抽出一截怎么也烂不掉的根脉

——给你们看

远方之远

远方之远，有我的道路
远方之远，一片夜
掩埋了我的道路

远方之远，遗落了栗子林里少年的光景
远方之远，一把黑布伞
跌跌撞撞也走不出的雨季

远方之远，我偷摘的一颗青莹莹的柿子
向着单纯的天空炫舞
远方之远，母亲还在村口喊我的乳名

远方之远，我从窗口扔进去的小纸条
又被扔了出来
——扔出来了，我还扔进去
一直扔到牡丹姑娘的歌声里

远方之远，终因我的小白鞋之闪亮的白
——之不识时务的白
而引发了一场耻笑和批判

远方之远，土墙上的时光倒塌了

远方之远，父亲驾行的天车
——骤然停歇在眼前

远方之远，我的村庄快没了
（远方之远，我的村庄快没了！）

远方之远，我的道路像折断的翅膀

远方之远，远方之远
——我回不去的天堂

2016. 10. 23

读诗的传说

她告诉我
她一字不漏地看完了我的诗集
但又说，她看不懂
我说，那就看里面的"爱人"二字吧
她说还是看不懂
那就再看看里面的"优雅"二字吧
她说还是看不懂
我说，有一页上
我依着你的姓氏
画了几十个神秘的符号看懂了么
她说，更是云里雾里一般

我说，那就把诗集扔掉
再去看看月宫里
那个提着一把斧子的人吧

她说
——这回不用看也懂了！

2018. 9. 19

第三辑

法布尔说，萤火虫的一粒光

至死都是不灭的

陶

孩子们，不要触碰我
不要试图拆解我的肋骨，这里不是女人的部落
不要试图用千年的清溪洗涤我的信仰
也不要试图用高岭上的沙砾击打我的灵之门

哦，孩子们，你们就站在遥远的陶里
你们站在陶里，就好像是我站在了陶里

你们多么幸福，你们红扑扑的脸蛋煞是好看
那一路的小彩旗煞是好看
那窑火腾跃的景象煞是好看
你们不小心打碎的酒杯还散发着醇香
你们多么幸福，你们可安心地生活

我的灵魂在一千条小径上为你们守护
你们不要寻找我的形体、我的誓言，也不要
寻找我散落的哭声

哦，孩子们，你们就站在遥远的陶里
你们站在陶里，就好像是我站在了陶里

这世界乐于制造陶，也乐于毁坏陶

——但我们总在陶的光里

殊不知，一切可以打碎
唯有天地之大音不可以打碎

殊不知，家乡的后山落入了黑夜
而黎明正好迎娶了它

哦，孩子们，清纯的孩子们！
我让雪粒的绽放，祝福你们的爱情
我让白桦树的青春，祝福你们的生活
我让太行石上的晨曦，祝福你们的前程

哦，孩子们，伟大的孩子们——
请记住：不要想着去拿别人家的金子
回过头去
——看好自己的故土吧！

2015. 3. 15

碰　瓷

几米开外
摩托车上的小伙子还在重复着一句话
"这一回，是你——碰我啦!"

"这一回"？还有哪一回？
还有哪一回？

你是谁？
我是谁？

我掸了掸身上的灰烬，我走出火窑了
一些远古的眼睛看着我

我走出火窑了
一些红红的眼睛看着我

我走出火窑了
——一些站着的眼睛看着我

2015. 7. 29

失踪者

一切的浪花站起了
一切的浪花倒下了
大海啊，你还能不能记起
伟大的孩子们
——全都成了失踪者

2015. 10. 5

噪　音

英国的奈斯说，噪音有蓝色的
有老红色的，还有翠青色的

他还说，除了活着的沼泽地
世界死在了噪音里

果然，我抬眼望见的天空就是噪音喂养的
我的诗笺上，那一片燃起的秋色就是噪音喂养的

就连我右手握着的这只小小的鼠标
——也闪着噪音的光

2015. 8. 15

水母的故事

时间小子啊，一副苍凉的表情

你逃到了蘑菇岭
便有了蘑菇的梦境
你逃到了白云山
便有了白云的梦境
你逃到了天庭
便有了五色石的梦境

与其说你还活着
还不如说是海之幽魂还活着
与其说你还是生命
还不如说，你就是我飘零的化身

与其说凡偶像者
都逃不脱被摧毁的命运
还不如说，你幸而带走了那万古一息的
水性杨花的时辰

与其说你给遥远的纪年
留下了一张芬芳的遗照
还不如说，你留在我额际的

——是一瓣猩红如初的吻印

2015. 8. 28

面包之夜

从前的从前
一只又一只面包藏匿在夜的缝隙里
这个故事，我一时不得其解

后来的后来，再后来
有人趁着夜色给我送来了一只相同的面包

我突然记起
这面包之夜，最应该藏匿的是一柄寂寥之剑
一旦有了时机，它会含光而起
裙裾飘飞
宛若仙子

2015. 8. 3

台阶上的奇遇

我从台阶上往下走

有个人在台阶下往上走

他朝我笑了一下

我没笑，我绝不是不讲礼貌之人

只因为笑有多种，我不知他笑的是哪一种

紧跟着，台阶下又走来一人

他也朝我笑了一下

我还是没笑，我还是多虑了

不知此笑和彼笑是一个继承，还是一个发展

正想着，台阶下又走来一人

他也朝我笑了一下

真是怪事！这笑接二连三

莫名而来

我不免有些紧张了

不觉，又走来一人

这回，我赶紧抢前笑了一下

可是，他一脸暗黑

——他没笑

只见他略一低头

似是数了一遍胸襟上的扣子

随即，用手使劲地拂了一下衣角

衣角飘了一下

噔、噔、噔
他头也没抬，向台阶的顶端
——走去

2017. 10. 27

宇宙助产士

我第一次见她，她在云端
在云端的一个胎盘里
她郁郁的，心思无限
我第二次见她，是在黎明时分
她已成了一名宇宙助产士
万古苍茫，是一个神秘的子宫
她脸色煞白，已有七分疲惫了
但依然守候着那个神奇的红孩子降生
我第三次见她，是在家乡那棵古老的皂角树上
她在皂角树上荡秋千
她很娇小，娇小得似母亲发髻上的那个银簪
她的呼吸飘着皂香
她的酒窝旋转着
她不说话，我正好不要她说话
只要她千古含情
看看我
——和我的人间

2017. 10. 28

萤火虫

法布尔说，萤火虫的一粒光
至死都是不灭的
我说，一粒弱弱的萤光
却是携带了太阳的意志
一棵树说，能去到一粒萤光里
才能
——见到自己的宇宙

2017. 11. 11

红衣女子走过榕树下

红衣女子走过榕树下
她的背影冒着古典的火焰
这使我着迷
我一着迷，一伸手扯到了榕树的气根
我假装是扯到了红衣女子的头发
她刚好回过头来
她眉心宽阔、鼻梁高耸、嘴角上翘
她是美的，但美得有些凶狠
她一眼看到我
我居然心虚，似乎真的做错了什么
可我忍不住，再一伸手
还假装把她的头发
褐色的头发
——狠狠地扯了一下

2017. 12. 1

轮椅上的人

他呆坐着，长时间地呆坐着
其实，这个"呆坐着"的说法也不准确
静思点什么，默念点什么
诗意地想象点什么
应该是他活着的方式
直挺的上半身
好像是练过的
他不发一声
不笑一下
让人禁不住要追寻他的表情深处
哪有深处啊——
目光浑浊
山河浑浊
命运先把他击倒
再把他抛到一片苍茫里
他在里面冲浪
随之，一枚鹰翅冲了出来
半边月亮冲了出来
鱼肚白一样的裸体冲了出来
一只贝壳带着满身的浪花
——冲了出来

2017. 12. 3

我的座位已成了嫌疑人的座位

在荆州古城号动车上刚刚坐下来
一男子凑过来
轻声说，要和我换一下座位
没等我反应过来
他向我出示了一个证件
"请相信，谢谢啊!"
我一看，一个平顶头的男子被反绑了双手
一个穿着铁灰色夹克的年轻人紧随其后
我迅即起身
再回头看时，我的座位已成了
——嫌疑人的座位

2017. 12. 8

蝉

被剪断了翅膀
便了却了飞天的愿望

发烫的呼喊，让多彩的童年
——一遍遍造型

我来了

我来了

一盏冷灯
从门缝里挤出
挤成一道长长的光影
像钢刀，剖开一道伤口
黑色的血
流淌无声

我来了

停步于咫尺之地
我看到了情与仇的嶙峋

本想化恶雨如虹云
可这夜，狰狞如蛇影

我来了

心思，如熄灭的烛头
却仍想着
——与太阳的约定

飘零的情思

从你的诗笺里拾起一丫箴言
我把它插进春的土壤
但只绽开了几星眷恋
而没有长高的愿望
莫非是自身冷漠
无力去感受春光

飘忽了情思的主题
也就看不到你眼里的幽怨有多深长
我们结识了，但常有猜疑
在诗行中较量
谁不想收获一个金色的世纪啊
怪东方已指令，有一场暴雨
在午后，湮灭斜阳

云一样，我们飘荡

在季候风的骚扰中你怀胎
在不安的躁动中，我盼断柔肠
那天，你一个不小心的趔趄
你倒下了
倒在了我一千次走过的路上

啊，你倒下了
你山影一般倒下了
于是，我用一星泥土塑你
只是到如今
我还不知道你眼里的幽怨
该播向何方

落　日

祭天干什么

这年月
我的太阳没有落下山去
而是顺着我的诗行滑翔

在我与窗棂之间
笔尖呐喊着
戳得思绪一阵阵痉挛
黑暗的灌注
被堵塞在心外
脉管里，奔涌起
光辉的洪流

那一行行清亮的小诗
执意要流出故乡的竹林
——我不再祭天

也用不着悲悯烛泪
灵感的鹰盘旋于命运的峰顶
时而，冲向断崖
　　　冲向深情的土地

我开始爱抚一片手帕般的天空
天空上飞翔着
饮雷吐电的乡情

祭天干什么
这年月，我的太阳
不会落下山去

笋

因为有鹰的挑逗
因为要竞逐蓝天
因为要摇响风的欲望
终于，难以抑住
被冰雪冶炼过的锋芒

既然生来就有不屈的气节
既然不在土里窒息悲壮
当然有苦恋的时候
没有彩虹铺架的天梯
也要踔厉而上

拔节的节奏里
无花献媚
无果捧场
在野性的禁锢中吹响螺号
披坚执锐的青春
终是来自
花果的故乡

采石工

思绪轰鸣
去翻阅，去翻阅一部晦涩的史书
一部著于石炭纪的史书
你读，读得满手心里都是生命的启迪
读得思绪纷纷裂变
裂变成——
一块块基石，一座座桥梁
一尊尊墓碑、里程碑和纪念碑

当夕阳将你塑成一脉山脊
伟大的金字塔们正向你敬礼

看那，崔嵬的大山再一次震颤了
我知道，那是你带着轰轰烈烈的思绪
在进行新一页的破译

奇怪的小伞

一把小伞

像一个怯生的孩子

朝着前方快步行走

如果不是此刻又是雨又是风

那真是一个令人恐惧的精灵

它貌似在寻找什么的快步行走

刚好，避开了一辆开过来的白色小车

它停了下来

它不走了

在一个拐角处的路口

在那儿张望

突然，迎面跑过来一个年轻人

不由分说，他顺手拿起了小伞举过头顶

我搞不懂了

莫非是一次风雨中的遇见

我真的搞不懂了，一忽儿

一把小伞，怎地变成了许多灰色的风灯

——挤满了这眼前的天庭

2014. 3. 28

这个春天，我要写一首诗

这个春天，我要写一首诗
以祭祀我的父亲、母亲
和那些定格在千年族谱里的乡亲
我要告诉你们，我只要望一望老家的山崖
就能看到你们，天空一样的面孔
何等泰然、何等单纯

这个春天，我要写一首诗
以敬请那些阳光下的小人
早早地放下你们手里的鞭子吧
它们血色夸张并已经发毛
放下吧，到了博物馆里
会有最和煦的解说词相伴后生

这个春天，我要写一首诗
以寄语那些高墙下拥挤的灵魂
肉体不重要了，自由的呼唤
已感应到你们青铜一样的悔言
还有一只爱人的手帕，白月光一样的手帕
会准时来擦拭你们的时辰

这个春天，我要写一首诗

以念想我的爱人、我的友人
以及和我擦肩而过的所有路人
我们在人间里行走的人类，可不要忘了
看一看天上的太阳、月亮、星星
还有那些飞鸟、白云

这个春天，我要写一首诗
以祝福我的祖国、我的民族
以及那些在风暴中心行走过的
或正在行走的，我的民族的巨子
我一个人在静寂里，总能听见
——你们的呼吸和足音

2017. 4. 2

伟大的名词

名词，拥有宇宙的奥秘和真相

名词，大自然的荣誉公民

名词，只有名词才能接受燧石的敬意

名词，只有名词才能接受皓月的圣礼

尽管还有烽火、镣铐、乞丐、皮鞭

遗骸、墓冢、蛛网、病毒、面具，还有沾满污垢的

专门用来堵塞嘴巴的毛巾

——挤占了名词的殿堂

但是，仍有生长着的烛光、晨曦、陶罐、柱石、拱门、穹顶

牧场、葡萄园、樱桃园、摇篮曲，以及隐蔽的火焰

名词们，一路经历了激流、险滩、雪域、高原、沼泽的考验

一路天空的音乐为它们奏起

哦，名词！

——哲学的栖息地

我们的第一家园

红叶们开始了大逃亡

秋风啊
秋风肃杀

——红叶们开始了大逃亡
红叶们从太阳的翅膀上落了下来
秋风啊
秋风肃杀
——红叶们魂不附体了
一枚红叶逃进了凄冷的古道
一枚红叶逃进了灰绿的牙床
一枚红叶逃进了自己的尸骨
秋风啊，秋风肃杀
——古道上，再也拾不到苹果红的琴瑟
灰绿的牙床成了出卖者的天堂
只有自己的尸骨，还在悲壮地
——唱一支思乡的歌

秋风啊
秋风肃杀

颤巍巍的山林

昨天
我看到了先进哥①

我看到了他抽搐而坚定的表情
我顺着他的身影看过去
我一直看到了后山
一直看到了一座座颤巍巍的山林
一直看到了落叶描写的秋岭
一直看到了父亲丢失在竹林里的星点般的羊群
我一直看到了
——那些巨大的山崖

巨大的山崖
崔嵬的山崖
像一帘帘屏幕，一遍遍地映现出众多乡亲的面孔
看不出他们的微笑
看不出他们有过一刻脱离山野的念头
看不出他们传出任何一个季节的消息
看不出他们也像我一样悲悯

---

① 先进哥，我是按陶姓辈分叫的。他实际还大我父亲一岁，而父亲早在 2003 年就走了。先进哥近年来一直身体不好，每次看到他，总是颤巍巍的，但也看出他的顽强。2018 年 10 月的一天，先进哥不幸因病去世。

但他们自由
像山风一样自由
他们豪强
像山崖一样豪强

（先进哥
身材高大的先进哥
喜欢谈天说地的先进哥
在篮球场上吹哨子做裁判的先进哥
在麻将桌上展现将军范儿的先进哥
一冲动起来，声气就不断发颤的先进哥）

昨天
我看到了先进哥

我看到了他抽搐而坚定的表情
顺着他的身影看过去
我一直看到了一座座颤巍巍的山林
一直看到了天边小小的月牙儿
一直看到了云际里翻腾着的光焰般的海洋
我啊，还一直看到了
不只是一条鳜鱼欢快地游过来了
而是成千上万条鳜鱼欢快地游过来了

昨天
就在昨天

我看到了先进哥

2013. 11. 8

父亲，儿子还一直抱着你

父亲，你知道吗？
在你离开的时刻，儿子猛地抱住了你

父亲，如果你是留给儿子的最后三声心跳
那儿子就还一直抱着那三声心跳

父亲，如果儿子的号啕已送你于一程山风
那儿子就还一直抱着那一程山风

父亲，如果你已化作墓地上的一丛茅草
那儿子就还一直抱着那一丛茅草

父亲，如果你已走进了儿子为你撰写的墓志铭
那儿子就还一直抱着那墓志铭

父亲，如果你徘徊于那一粒萤光照亮的山野
那儿子就还一直抱着那山野

父亲，如果你举着一枚磷火奔跑在黑夜的家乡
那儿子就还一直抱着那家乡

连同抱着的还有那黑夜

——外加那一枚磷火

2017. 3. 28

他们灵魂的样子

我的故乡总是笼罩在一片氤氲中
年轻的父亲和母亲
在其中走动,他们
不再扛起锄头,不再背起犁铧
不再在星月下忙碌
他们不时搓手,不时微笑,不时远望
他们的衣裳陈旧而干净
他们每天重复的行动,就是从老屋里出来
沿着一条堆满瓦砾的小巷
往村外慢悠悠地走一程,再走一程
然后又慢悠悠地折返
那种闲适而祥和的样子
——该是他们灵魂的样子
不是有时光之车吗?
可是,时光之车载不走父亲和母亲
他们永远年轻着
他们的灵魂永远年轻着
他们,就像一片黄叶上的月光
——一直飘动在故乡的天空

父亲堆起的七个草垛

为何，一定要往天上看呢

为何，七颗星一定要是天宫的杰作呢

我哪里也不看，就看一片田畈上

父亲堆起的七个草垛

第一个草垛倒插着一把弯镰

第二个草垛停靠着一架木犁

第三个草垛与天空合谋，不时演示着乌云和闪电

第四个草垛与一根牛鞭子组成一幅静物画

第五个草垛收纳了母亲的叮念

第六个草垛沉默不语，像父亲一样沉默不语

第七个草垛是多情的，它与小蜻蜓们一起玩耍

像一帮野孩子，它们绕着草垛低飞

——低飞于时间之外

草垛们发黄得厉害了

随手掀开一层，一股霉腐气息直冲鼻眼深处

还好，唯有稻花香是烂不了的

唯有稻花香任性地飘了出来

飘出来的，还有一根冲担

就是父亲挑谷头①用的那根冲担

就是两头闪着银光的那根冲担

---

① 挑谷头，我们家乡的方言，就是将还没有脱掉谷粒的稻秆打捆挑回来。

自从父亲走后，那根冲担常常飞也似的
在父亲耕作过的七块冬水田里
——投下了龙影

2018. 5. 3

母亲的桂树

那年春天，母亲在菜地边
——栽了一棵桂树

那年七月初二，母亲走了
那棵桂树趁着一片悲伤的夜色
悄然地分出了三根枝干
难道是天意么，那一刻
只有三个女儿守候在母亲身旁

（儿子们呢？一窝猪崽、狗崽一样的儿子们呢？
他们都到哪里去了？）

菜地还在
蜜枣树的刺儿还在，蒲公英的小伞还在
依依相伴的棕榈还在
石缝里，一根麦冬的细蔓还在

一切的守望和相伴还在

去年春天，我燃起一炷香火
我要移栽那棵桂树到母亲的墓前
可是，乡亲们不干，给他们加工钱也不干

他们说，万一栽不活怎办？

也是啊，只要桂树活着
母亲就活着
只要桂树在时光里
——母亲就在时光里

2014. 6. 29

上帝与钙

妻子刚从病房的洗手间走出来
突然，她双手僵直
满脸抽搐地叫喊起来
天哪，她的双腿也僵直了
我赶紧扶她倒在病床上
她说，她的眼珠子不能转动了
嘴唇上有无数只蚂蚁在爬动
噢，这是身体严重缺钙的征兆
（钙值 1.73——
昨天医生就警告过）
我两手不停地、慌乱地
毫无技法地摩擦她的双腿
我在心里呼喊
噢，我的上帝！
你这高贵的钙原子！
你这小家子气的钙原子
你是要以这样出走的方式
证明你的无限存在么？
你要是跑到白垩纪去了
那也是你该去的地方
可是，星月已经坠落
你该不会忘了纵横交错的血脉之路吧

噢，我的上帝

你要快点回来

你还举着那支金色的百合吗

你莫非真要等到，最后一颗沙粒

——飘向天苍

2015. 4. 26

委托书

从打印机里跳出来的照片上
妻子双手捧着一张委托书
上面写明了，我可以代表她
办理房产证的一切手续
她是那样认真、专注
尽管那双大眼睛里闪过一刻年轻时的光彩
但还是看到了她强打精神的瞬间
妻子老了、瘦了
额头上的发际线退却了许多
是啊，从此岸到彼岸
青春之桥早已坍塌
对一个女人从未有过的怜爱
出现在这一个时刻
我不禁鼻子一下发酸
仿若看见，一只小翠鸟从那张 A4 纸上
——振翅而飞

2017. 12. 8

上学的第一天

上学的第一天
天空小雨绵绵，母亲递给我一把黑布伞
我没有打开黑布伞
一路跳跃着往山下奔跑

母亲在村头喊着我的小名
她叫我走慢一点、再走慢一点
可是，母亲的声音越来越远
我奔跑的惯性却越来越大

——我停不下来了

真是该死，我停不下来啊
一直到跌倒了
一直到跌得鼻青脸肿
一直到跌得瘸了一条腿
一直到跌得再也撑不开母亲
递给我的那把黑布伞

漫天乌云自西山奔来

漫天乌云自西山奔来
轰隆隆的脚步声惊骇了全村人

漫天乌云什么地方也不落
偏偏落在了蜻蜓们的薄薄的小翅上
偏偏落在了父辈们汗水交流的脊背上

漫天乌云什么地方也不落
偏偏落在了生产队的打谷场上
等到打谷场上的金色稻粒
一律变成了黄色的泥丸子
漫天乌云这个捣蛋鬼
——却一溜烟不见了踪影

我看见

我看见，一只山鸡一飞冲天，它灿烂的影子在后山的水塘里洗澡

我看见，发着死誓要寻短见的荣荣嫂子在后山的水塘里洗澡

我看见，与我同年同月同日生的腊腊咯咯地嬉笑着在后山的水塘里洗澡

我看见，一片白云，又一片白云在后山的水塘里洗澡

我看见，我，还有小伙伴们，和一天星斗一起跳到一池蛙声里洗澡

2017. 4. 30

一把硕大的青布伞不见了

从一条古老的小巷里飘然而来的
是一把硕大的青布伞
青布伞上的阳光像一条倦怠的狼狗
青布伞下，踟蹰而行的是一个优雅的女人
再后来的后来，发生的事件让我百思不得其解
一把硕大的青布伞不见了
一个优雅的女人怎么也就不见了
一个诗人的殿堂
——怎么也就不见了？

2018. 10. 2

敲钟人

说是敲钟
其实就是敲一截三尺多长的铁轨
那个铁轨还是生产队里派了几个社员
在山外的铁路边偷来的
偷来的铁轨挂在了村东头老槐树的枝杈上
敲钟人每敲一次铁轨
老槐树上总少不了要掉下来几坨鸟屎
鸟屎一旦落在了敲钟人的头上
他就会好几天
——嘴里念念有词

2018. 1. 1

打柿子

唯一的一个柿子
挂在柿树的顶梢上
柿树的树干很光滑
枝丫很脆裂
我哪里敢想着爬上树去摘下它
最原始的技法，就是
捡起地上的石子把它打下来
可是，不管我和石子们怎样地舍命行动
那唯一的一个柿子
也不觉得有什么劫难临头
它还在自己的天空上
——自顾自地晃荡

2018. 7. 24

家乡的栗子树不好当柴烧

家乡的栗子树是高高的树

家乡的栗子树是一种水分格外充盈的树

家乡的栗子树，身体内有一条不竭的河流

家乡的栗子树即便倒下了

哪怕是干裂的样子，也不好当柴烧

一烧就冒烟，冒浓浓的烟

冒栗色的烟，冒河流一样滚滚的烟

家乡的栗子树虽然长不出火焰

但它一定长出了光

那些栗子就是它长出的光

一种尖尖的、脆脆的、甜甜的

——玛瑙一样栗色的光

2017. 12. 9

那可真是世界上绝好的香

城里细菌多了
就想起儿时在乡下的生活
就想起秋冬交头时节
一片月光落在禾场上
禾场上铺满了蓝荞秸秆
我和小伙伴们在蓝荞秸秆下打洞
我们在洞里钻来钻去
我的运气好，我的头碰着了腊腊的头了
我闻到了她的发香
她的发香，和着蓝荞秸秆的清香
和着月光的冷香
那可真是世界上
——绝好的香

这水的事情

原来，我们人类喝过的水
就可能是野猫子们、山麂子们
雄狮们、老虎们、豺狼们等拉过的尿
这也没什么不好
反过来，野猫子们、山麂子们
雄狮们、老虎们、豺狼们等
也可能喝的是我们人类拉过的尿
一滴鳄鱼的眼泪，没准就是我们人类流过的眼泪
那个蝮蛇的毒液，没准
它的前身就是我们人类的胎液、唾液
一个人要是能活个天长地久
没准还能再喝上一口自己喝过的水
还能再拉下一泡自己拉过的尿

唉，越想越觉得
这水的事情
——真是一件伟大而奇妙的事情

2018. 4. 11

养兰花的人

养兰花的人最疼爱女儿
女儿是最美的兰花
兰花是最美的女儿

兰花娇贵而优雅
女儿娇贵而优雅

养兰花的人喜欢写诗
诗是天才的女儿
女儿是天才的诗

养兰花的人从客厅走到阳台
又从阳台走到客厅

养兰花的人喜欢争执
他和风争执
和一块小小的松树皮争执

他和一粒粒兰花石争执
——他和天才的女儿争执

2020. 6. 2

吉祥兰

你高高在上的小嘴唇
你高高在上的蝴蝶结
你高高在上的黄月亮
我的小小竹竿儿打碎了你的梦
你变成了我的小女人
我的吉祥的小女人
我的夏日出生的小女人
我的水晶石一样的小女人
你趴在六月的风里
——摇荡你的笑声

2020. 5. 29

夜

一粒粒虫鸣
一粒粒安静的礁石
一点点萤火
一点点我的村庄
一片片夜的山野
一片片黛色的我的思想

我来到夜的风中
我来到夜的铁中

我随意地一举手
一条岁月之河
——在我的指间流淌

2020. 6. 15

越王勾践剑

盖上一层黄土

就是黄土

盖上两层黄土，就是孤独

盖上三层黄土，就是屈辱

盖上四层黄土，就是坟墓

盖上五层黄土，就是我和我的民族的偏见

埋葬一位失败者何等容易

骷髅之上，就是山岳

山岳之上，众神祭唱

剑尖尖啊，不知天高地厚

还在呼吸

还在一闪亮一闪亮地向着一线天空问候

不是埋葬了，就等于死亡

不是埋葬了，就不要了雕饰和晶体

剑尖尖上发出光芒

你们说，它是死了还是活着

剑尖尖上落下黑幕

也落下太阳的斑点

剑尖尖上开辟出复仇和诗性的战场

就是说，为着尊严

为着一时之气

为着刺破这黄土层的千古奥秘

这剑啊，就是不死！

——不死！

2018. 4. 21

我且必为镆铘

铁匠铺子里的炉火正旺

抡锤的男人汗流浃背

一旁打扇子的女人朴实而美丽

父辈们的犁铧断了

我等兄弟们的斧子也失了光泽

春风吹拂

万物生根

一对小夫妻从前世走来

可曾听见今世之我还在地火里呼号

——人耳！人耳！

我且必为镆铘！

我且必为镆铘！①

2018. 4. 21

---

① "人耳！人耳！"，即"人啊！人啊！"的意思；"我且必为镆铘！"意思是"我一定要成为宝剑镆铘"。此两句均出自庄子《大宗师》。

这个鸿门宴我去过

落叶时节

万木萧萧

虫豸一般的尸体遍布大地

这个鸿门宴我去过

一把剑画出了我眼睛里的闪电

一把剑趁着黑夜化身为半截烟火

是谁袭击了我的袖管

袖管里哧哧作响，火花四溅

我伸出左手扑火不成

眼看将烧成碑座

不知从哪儿来的樊哙

一声断喝

一把将我拉到身后

我么，一介书生

也曾有江山与梦

一桌子的年夜味、舌尖上的食色

无心品尝

我欲乘风归去

不幸的是，《大风歌》的旋律

——已在昨日飘落

2018. 4. 22

西楚霸王剑

有垓下男人的悲歌

就有乌江边女人的哭泣

男人的歌声落入乌江

卷起了惊天大浪

女人的眼泪落入乌江

化作了一抹月亮红

四面楚歌不只是男人在唱

女人也在唱

乌江里不只有月亮红

还有太阳红

乌江啊，乌江

你该明白了

一把剑上的江山也是雌雄同体的

一把剑上的江山不只是伟大雄性的专属

那个沉静而优雅的女人

也用她那不朽的喉管

——占着一多半份儿

2018. 4. 23

太白剑

一个狂放的纵火者
一个点燃雄火三千丈的纵火者
一个酗酒的纵火者
一拔剑
一举杯便邀来了明月
正是：一醉不可休
再醉心茫然
三醉成三人
四醉诗百篇
五醉噫吁嚱
六醉蜀道难
七醉还加酒
八醉挂云帆
九醉梦吟天姥山
——十醉一横向天剑

2018.4.24

承影剑

这名字好记

影子杀手

不露真相

暗里藏刀

这手段也是我们人类最惯用的手段

万物随你生

随你死

随你留影

随你去形

很可怕啊！

莫说见你一下

就是想你一下

也叫人悚然

与你相比

我的影子如此不堪

如此落败

如此上不了台面

尽管也有效仿

也有一面阴谋、一面阳谋的效仿

但终归能做的

不过就是一个形而下的囚徒

2018. 4. 25

一截鱼肠

一截鱼肠有什么大不了的
但一截鱼肠，一旦立下大志就是很大不了的
一截鱼肠，必穿过那海浪、那天火、那氤氲
一截鱼肠，必穿过那春日的豪华、那秋日的圣光
一截鱼肠，必穿过一次刀戟的祭礼
哦，一截鱼肠有什么大不了的
但一截鱼肠，最终成为一把断剑就是很大不了的
断剑之绝，不是孤绝
黑铁一样的飞鹰，以轰然折翅的方式
——与你同在

2018. 5. 1

泰阿剑

也许，大地产床就是一个乌有

也许，一朵艳丽的春花就是一个乌有

也许，所有的光芒和色彩就是一个乌有

这也不要悲叹

毕竟，岁月的等待是亲切的、挚爱的、诗意的

毕竟，还有一把剑

一把新生儿一样伟大而祥和之剑

——还没有生下来

只要它不生下来

我们就不该生下来

只要它不生下来，我们啊

怀有恶念的

不知成长的

虎豹一样的人类

——也就不该生了下来

2018. 5. 6

雪　剑

魔术师一样的女人

随手摘下了一个梅朵

梅朵一声尖叫

一道血光从中跃出

这是一个划时代的爱情奇迹

我趁机飘进了一片云里

一瓣雪莲滑过舌尖

那冷冽冽的味道令我抖颤不已

那月夜也抖颤不已

那杯盏也抖颤不已

那剑啊，带着脱胎换骨的宣言

已然

杀入

——我的腹地

2018. 5. 10

辛稼轩看剑我看月

辛稼轩看剑我看月
他把剑光看成了月光
我把月光看成了剑光
他看那个夜很长
我看那个夜很短
他看一灯如炬
我看一灯如豆
他看那个营盘很小，想到了那个江山很大
我看那个江山很小，想到了那个营盘很大
就这样，一来二去地我们看着
他啊，再把那个月光看成了剑光
我啊，再把那个剑光看成了月光
最后，他把我看成了一粒闪亮的宋词
我把他看成了
——一袭迷蒙的远风

2018. 5. 13

第四辑

不是王维画了个线

我们不知道有线

不是王维画了个圆

我们不知有圆

隐秘世界的搬运者

"不问山高水长，只听夜之声"
一些声音在空中停滞过
一些声音跌落在草丛里
一些声音像极了自己的声音
一些声音好像爱人的声音
一些声音突然噎住了
一些声音窃窃地进入了夏日的深处
一些声音喜欢上了万物的节奏
一些声音像萤光一样，弱弱地闪烁
哦，黑夜之魔
早已预设了世界反面的用语
那些风，那些卑微的生物已经出发
它们很有耐力地
成了一个个隐秘世界的
——搬运者

牧羊人和他的节杖①

夕照里，牧羊人仍在眺望
仍在眺望那个云朵燃烧的地方
仍在眺望那个节杖生根的地方
有的人就是想不到
让一个男人放牧一群公羊
就像放牧一群涌动不息的太阳
有的人就是想不到
公羊不能生出小羊
雄性却能生出雄性
有的人就是想不到
牧羊人的信念就是雄性的
那个节杖就是雄性的
那一群涌动不息的太阳
——也就是雄性的

---

① 这里采用了苏武的故事。

一个诗人走在大街上

一个诗人走在大街上
他的步子太小
他的声息太小
他的影子更是小于零
好像一个不走运的考生
他遭遇的题目太大了
天色怎地寡淡
人间怎地奔忙
女人的眼睛，怎地在黄金上闪烁
他真想大喊一声
可是声音噎在了喉咙里
他静静地呼吸，静静地一路埋过自己的足音
他静静地思想，静静地
用一个指头在裤袋里
画着辛波斯卡的鼻尖

画着那个专门刺挠
——人类黄昏的鼻尖

2020. 6. 25

他是谁

他是谁？
我尝试着在银色的泉流中辨出他的声音
我也尝试着——在一片恢宏的夕照里
领略他的回想、沉思、足迹和气度
我还尝试着，在遍布弓弩的山野
会晤他的智慧、胆魄
以及他那
——辽远而广阔的思想

他也是战地的儿子

昨夜
我刚好读过他雄伟的诗歌
或在马背或在边关或在堑壕或在星夜
他的豪情在每一枚箭矢上发出啸声
不要惊诧
别无选择
他也是战地的儿子
他也是我们民族血脐上的产儿
他在天空上的每一声呼哨
都在还原着
——人类最初的胎音

灵魂的泪珠

他的"五行说"流传甚广

土是生命的依凭

木表达了生机状态

水与火，我们夸大了它们的对峙

它们互相倚靠着

——让世界成为世界

让生命成为生命

让人得以站立

金呢？

——金者，心也！

——心者，金也！

金不归物

金不归俗

金，即虚无

金在天空上舞蹈

金啊

——乃灵魂的泪珠

神龛之上

此刻，他埋头于神龛之上
他要等到青色的雷声响起
他要等到霞彩擦亮云天
他要等到落叶模拟鸽子的回归
他要等到神木燃起火焰
他要等到
——凤凰重生的和鸣

灰烬的见证

冥冥之中，他究问过我
你是不是对灰烬不屑一顾呢？
是不是厌恶之下
还愤懑地践踏过灰烬呢？
他言之凿凿地说——
一定要去灰烬里见证啊
灰烬里还有不死的行列
——还有玫瑰色的鼾音

光芒的籽粒

要领悟他的高贵么
那就去仰望昆仑上的旭日
——就去体会那光芒与雪的亲和
光芒不会化掉
雪啊，乃是光芒的籽粒！

七月十五的窗口

若说他点亮的红烛是一粒种子
那么，我们就属于他
——天空就属于他
一切黑暗和光明之甬道就属于他
葡萄园之葱郁、之芳香就属于他
以至，所有漂泊的幽魂就属于他
还有，七月十五的窗口
也都是他的及物

他躺在森林里

他躺在森林里，仰望天空

蓝色天空变成了蓝色海洋

一片片白云变成了一个个飘浮的仙岛

所有的飞鸟变成了飞鱼

无数树叶变成了无数游动的水母

他啊，化身为一条金枪鱼

在绿色的波光里畅游

他确实看到了一种新鲜而奇特的景象

——钻进网里的鱼类

全都发出了哼哼、哈哈的

——人类之声

不能识别

他写在春天的歌

你们也是听过的

你们唱吧，唱吧！

人类唱吧！鸟类唱吧

山川唱吧！江河唱吧！

天地掺合着唱吧！

他什么也不知道、什么也不知道

千古风流

大江东去

他倒在了城垣下

他的呼吸微弱得如一息灯火

以致不能识别

——不能识别

彼 岸

他确定地为这个世界默念过祷词
——行将腐烂的人啊
相信吧，相信世界行进的奇迹
相信花园里的落叶和你们一样众多
相信昨夜就是明天的沃土
相信信仰的彼岸
那个忽闪忽闪的人形
——正在测试我们的灵魂

不要疏远猎枪

哦，我的同伴

不要疏远猎枪，总有一天

——它不再是猎枪

不要疏远陷阱，总有一天

——它不再是陷阱

不要疏远走过的小路

——总有一天它不再是小路

不要疏远那个抚慰过我们的红月亮

——总有一天它不再是红月亮

也不要疏远

藤蔓上那颗酸酸的葡萄

不要等到一个晚上

它就偷换了我们的味觉

哦，千万不要怨恨这一切的改变

要怨恨也只能怨恨

万千物种的声音，多么像

——我们心灵的声音

楼顶那边是天空

楼顶那边是天空
楼顶这边，一个轮椅像个天行者
一个精瘦的穷人
推着一个臃肿的富人

楼顶那边是天空
楼顶这边是我
我的这边——是我的影子
我的影子这边——是一张冬天的脸

一张冷酷的脸
——一张诗歌的脸

2020. 1. 26
2020. 1. 28 改

小城霜色

这小城的霜色
我用手指抹了它一下
再用舌尖舔了它一下
原来，它和我老家山野上的霜色
——一样凛然

2020. 1. 28

真不确定

真不确定，你的血液
是不是遭到了不明生物的侵扰？

真不确定，你的疲乏
是不是源于昨天的一盏酒香？

真不确定，一个关住了窗口的人
是不是关住了
——一切道路的飞扬？

2020. 1. 28

耳　鸣

开门了，传过来开门的声音
关门了，传过来关门的声音

一百次一千次地开门了
一百次一千次地传过来开门的声音

一百次一千次地关门了
一百次一千次地传过来关门的声音

何是开门？
何是关门？

开门了吗？
关门了吗？

我只是听见
我的一百次一千次的
——耳鸣

2021. 3. 20

飞吧，云朵！

肉体早已没了记忆
有记忆的是你走过的十八级台阶
是十八级台阶上的三声呼哨
是十八级台阶下你走进的千佛洞穴

肉体早已没了记忆
有记忆的是小城西边寂寥的小楼
是正午太阳下那只慵懒的狼狗

肉体早已没了记忆
有记忆的是再也不想打开的日记
是你一到山坡上就忍不住唱起

——飞吧，云朵！
——飞吧，云朵！

一片枯叶

轻轻地创痕

轻轻地向往

他下意识地踢过去一脚

它翻转了身子

轻轻地战栗

轻轻地嘶鸣

他是个狠人

再踢过去一脚

它再翻转了身子

轻轻地残红

轻轻地贴着灰白的光影

他真是个狠人

再踢过去一脚

它不知方向地再翻转了身子

轻轻地不屑

轻轻地立在那儿

像个石头

——炸裂的石头

2020. 11. 15

哦，栈道

哦，栈道

不知迎接过多少游子

不过，有多少游子

就有多少已经远去了

留下的，是一片残损的鹰翅

它还有很强盛的余力

你一旦走上去

不由分说

第一时间，你将被迅猛地抛向空中

第一时间，你就成了不可一世的祭品

你就会看见，头顶上的河山

——立满了鹰的幽魂

脚下的天空，失散的马群正在会聚

——嘶鸣一声接着一声

哦，一个人在空中翻转得太久了

大地的感觉就会失去

但栈道上的栗色，是唯一的路标

你可以在栗色上降落

也可以与栗色为伍

成为一名栗色的战士

当然，一旦走到栈道的尽头

迎接你的不再是栗色的阵地

而是一面

怎么也不甘散去的

——楚歌

深圳题诗

莲花心跳
——题深圳莲花山公园

莲花山是深圳的心脏

水陆草木之花，它独享莲花心跳

我不像周敦颐①那样远观

而是从遥远的山口，纵身一跃

——跳进了莲花中心

从此，我也有了一次一下的莲花心跳

一次一下

是诗性的，是诗性的自觉

一次一下，含着节奏和神韵

一次一下，踩在了太阳的影子里

一次一下，叩拜了月亮女神

一次一下，分外地，我接受了

一次一下光洁的抚摸

---

① 周敦颐（1017年—1073年），北宋理学家、文学家、哲学家，北宋道州楼田堡（今湖南道县）人，《爱莲说》作者。

一次一下

既然是诗性的自觉

就得沿着七百台阶一级一级跳上去

再一级一级跳下来

不跳出一行诗来

就算不得莲花心跳的一次一下

不跳出一首诗来

就算不得莲花心跳的一生一世

2017. 4. 6

水　园
　　——题深圳梅林水库公园

叫梅林水库没有诗意

我把你叫作水园

叫了水园，刘禹锡的青螺就会飞到这里

韩愈的碧玉簪就会照到这里

叫了水园，水园就成了"伊人"

"在水一方"的情景就在眼前

叫了水园，三角梅就会挽着红红的发髻在这里洗浴

小叶榕就会放开胆子唱着鹏城①郊外的情歌

① 鹏城，深圳的又名。

叫了水园，嫦娥就会偷坐月亮之舟来这里优游

太阳也就成了缠绵的情种

叫了水园，就请大禹、李冰父子、郑国、西门豹

王景、郭守敬他们来这里歇息

——还来一次柏拉图式的"会饮"

叫了水园，我就站在你的边岸思想

就像一只水鸟，我一心想着要去波光中觅得奇妙的时光

叫了水园，我们就在一起说说"水话"

还说说"水话"里的

——中国诗话、童话和神话

2017.4.5 写于深圳小园斋

时光小车
——题深圳笔架山公园

笔架山是一架时光小车

我乘坐它，一滴清露也乘坐它

万木根系也乘坐它

我乘坐它，一天松涛也乘坐它

一片苍郁的天色也乘坐它

我乘坐它，我前面的一双年轻情侣也乘坐它

我后面的两个白云老人也乘坐它

我乘坐它，理所当然

一支雄性的笔也乘坐它

昨日里一首同题的情诗也乘坐它

我乘坐它，不由分说

——这个清明时节也乘坐它

2017. 4. 8

【注】以上三首，即《莲花心跳》《水园》《时光小车》以"深圳三题"为题，发表于2017年5月25日《南方日报》。

荔枝夜话
——题深圳荔枝公园

五曲桥头，灯火阑珊

一个很像杜牧的诗人引领我得荔枝梦境

他俊爽英发，探扇浅笑

他指我属马，便认我是当年的一骑红尘

他令我绕着荔湖奔跑三圈

好一个热闹天宫！五千红色小火槌一齐击鼓

湖岸鼓乐铿锵，湖心小船悠悠

大黄鸭呱呱叫唤

我嘶鸣三声、飞蹄三巡

我跑了远远不只三圈

停步于邀月亭，喘着粗气问

——此月只见天上有，何故落到人世间？

那个很像杜牧的诗人说，你再跑三圈

——月亮就回到天上了

不到一盏茶功夫，我又跑了三圈

这次停步于荔香阁，远看月亮还在湖心里打盹

不禁责问，月亮既然回不到天上

又为何不见妃子笑？

那个很像杜牧的诗人说，等你梦醒了

——妃子就笑了

在我沉醉时刻，他的骗术已被另一个事实戳穿

一只美丽的黑天鹅

——正从浸月桥上飘然而下

2017. 4. 8

【注】诗中五曲桥、荔湖、邀月亭、大黄鸭、荔香阁、浸月桥等
皆是深圳荔枝公园的景点。

一只羊告诉我
——题深圳羊台山森林公园

一只羊告诉我——

山的那面狼在咆哮、海水也在咆哮

一只羊告诉我

山的这面，一双大足、一袭长袍、一门美学

一首诗、一个子夜

在幽深里奔跑①

一只羊告诉我——

狼眼无山，一再将本性放逐于风中

羊则不同，羊是云端来客②

喜欢站在山石的尖尖上远望

一只羊告诉我——

伟大的丛林法则既让它从一只小羊

成长为一只大羊③

也让它从一只大羊

——成长为一座雄崎的山

2017. 4. 17

---

① 1941年末的"抗日大营救"，一批爱国民主人士及文化界的知名人士
何香凝、柳亚子、邹韬奋、茅盾等曾被转移至羊台山一带。

② 这里借用了"五羊传说"，据传：周朝的楚国时期，一天，南海天空
突然出现五彩祥云，有五位仙人骑着不同毛色的羊，每只羊都口衔稻穗降临
楚庭（今广州），尔后化为山坡上的石头。

③ 羊台山景区分为小羊台和大羊台，此处算是一种暗喻。

惠州西湖三题

大江东去之后

大江东去之后

苏子瞻该歇一歇了

惠州很好，惠州可埋下一肩波涛

惠州很好，惠州也漂来一苇爱的西湖

大江东去之后

不再赤壁有赋

但西湖有月

月下有诗

诗里有云

云里有霞

霞里有情

情里有泪

泪里，沉鱼落雁

那是一个女人，再加一个男人的

——惠州

苏东坡还活着

第一个女人死了
第二个女人死了
第三个女人是王朝云
美艳绝伦的王朝云，她也死了
可苏东坡没死
他还活着
一直活着
他的命根子像西湖之畔的古榕一样坚牢
古榕不死，他就不死
他的诗魂词魄
不时从古榕上撒落下来
变成气根
扎在地上
长成一天云彩
一湖风波

鸬鹚岛上的鸬鹚们

鸬鹚岛上的鸬鹚们是真正的原住民
像苏东坡散落的词语

它们飞一阵、歇一阵

近一阵

又远一阵

我就认定了

它们是见过苏东坡的

还就认定了

总有一种气度不凡的诗篇

在鸬鹚岛上飞一阵，歇一阵

近一阵

又远一阵

新疆行（组诗）

龙行大地
——感怀于吐鲁番去往库尔勒的途中

一定要慢点走
雷霆震响，是你行走大地的见证

一定要慢点走
足迹深陷，是你行走大地的见证

一定要慢点走
风沙卷起，是你行走大地的见证

一定要慢点走
天行者，就该是云际上的癫狂

一定要慢点走
龙鳞掉落，龙爪隆起

一定要慢点走
龙骸掉落，龙脊隆起

一定要慢点走
龙肉掉落，龙魂隆起

一定要慢点走
龙血翻腾，龙眼浩茫

一定要慢点走
这龙性之灼灼，如杲杲出日

一定要慢点走
这大宇宙之幸有
生机勃勃的子宫

一定要慢点走
这洪荒之上，注定要生育出来
这绝佳的龙种

一定要慢点走
这绝佳的龙种，注定要敲击出来

——这万古不息的鼙鼓声声

2021. 5. 21

赛里木湖

说有仙人，仙人就在眼前
人类尖叫着，扑向浩瀚

说有仙人，仙人就是一颗清纯的泪珠
泪珠里，山岳不再驰骋，云朵不再翻腾

说有仙人，仙人就是你啊，完美的姑娘
你完美的姑娘，一袭洁白的裙摆

裙摆之上，天空和天空争相留影
——人类和人类争相拍照

2021. 5. 21

去往那拉提

李白在雪山上奔跑
杜甫在草地上奔跑

我一会儿跟着李白在雪山上奔跑

一会儿跟着杜甫在草地上奔跑

李白带我去那拉提
杜甫也带我去那拉提

李白带我去毡房外
杜甫带我去毡房里

那拉提，一把灌满诗情的二胡
李白是一根弦，杜甫是另一根弦

那拉提，那拉提，一首由李白和杜甫
——合奏的牧歌

2021. 5. 21

天山神秘大峡谷

就那么耸立
就那么传来天苍的声音

摧垮的时刻，正是峥嵘的时刻
崩塌的时刻，正是腾跃的时刻

就那么耸立
就那么，在一片红里
我攀附着
——我的遐想

一片红，为西域风情写照
一片红，画出了时间的心脏
一片红，引燃了一树葱茏

一片红，指引我走向一棵树

一棵树
一棵树

这悬崖者的奇迹

这奇迹者的孤独
这孤独者的呐喊
——这呐喊者的火焰

2021. 5. 22

火焰山

折叠的经书
悠远的经书
碑座一样的经书

猴子们在上面跳跃
蝶影们在上面跳跃
雁翅们在上面跳跃
岩石们在上面跳跃
一截金棒，也在上面跳跃

它们是火焰的一部分
是光的一部分
是时空的一部分
是呼啸的一部分
是死里逃生的一部分

它们永生
它们哪里会死？

它们是平凡而又高贵的家族
它们是活泼着，而又拼死着的生命

它们永生
它们哪里会死？

它们，它们
全都统一于一次夕照之前
——以非常绚烂

它们，它们
全都统一于一场灰烬之后
——以格外重生

2021. 5. 23

天山天池

好多雪粒叫唤着挤在一起
好多鸟儿叫唤着挤在一起
好多色彩叫唤着挤在一起

我来啦！总算呼吸到了
这千年酿就的一池清气

我来啦！远眺过群峰之后
再邀约群峰一起照照水镜

我来啦！幸运的诗人
总算有了一次，以云朵、以雪山
以静水、以华日
——给自己的诗歌起名

2021. 5. 23

宁夏之旅（组诗）

塞上的四月

我的四月，不过是一个幌子
你的四月，尽显邈远的美丽

你的四月，银白杨一路奔腾的四月
美人鱼一样闪光的四月
沙粒一样晶莹的四月

我的四月，不过是一个幌子
你的四月，是与老银川、与水洞沟
与王维、与张贤亮、与金沙岛相视的四月

你的四月，塞上的四月
你的四月，不断受孕于黄河涛声的四月
你的四月，不会沉迷于西夏王朝的四月

我的四月，不过是一个幌子
你的四月是一匹马，一匹梦如苍穹
卧如江山的马

我的四月，不过是一个幌子
你的四月，塞上的四月
你的四月，以天地玄黄的旋律
——奏响的四月

2021. 4. 30

水洞沟

此刻，我听见了
我的先人们敲击石头的声音

我就站在我的先人们旁边
我看着、看着，一些石头死过了
一些石头活过了

我看着、看着，一些石屑飞了起来
——变成了雁鸣

我看着、看着，一些石粒飞了起来
——变成了鼓音

我看着、看着，一些石孔飞了起来
——变成了女人的模样

我看着、看着，一些石刃飞了起来
——变成了男人的模样

2021. 5. 3

西部影城

一个叫作张贤亮的人
变成了一只蝴蝶

一只蝴蝶在大漠间飞旋
一只蝴蝶卷起了壮丽的风暴

一只蝴蝶有两个翅膀
一个肉体的翅膀，一个灵魂的翅膀

一个翅膀变成了一座城
一个翅膀变成了一座城上的旗幡

一只蝴蝶栖息在城墙上
那是张贤亮在那儿思考

一只蝴蝶在一座城里转悠

好多只蝴蝶跟着它转悠

一只蝴蝶拥有一座城
——好多只蝴蝶带回了一座自己的城

2021.5.4

黄河宫

一个人被生育过一次可不算
来到黄河宫，还要让你再生育一次

再生育一次，再在黄河的羊水里滚荡一回
再生育一次，再在华夏的脐脉上酣睡一回

再生育一次，再看一眼
王维的塞上，和塞上的王维

黄河宫，伟大的子宫！

一群婴儿走了进来
又一群婴儿走了进来
他们，全都好奇地打量着
子宫壁上的沧海桑田

哦，既然大漠在线

就按大漠的样子再生育一次

既然长河在线

就按长河的样子再生育一次

既然地老天荒在线

就按地老天荒的样子

——再生育一次

2021. 5. 4

沙坡头

不是王维画了个线

我们不知有线

不是王维画了个圆，

我们不知有圆

我们，不过是一伙玩沙的人类

我们玩沙

我们在王维的线上滑行

我们在王维的圆里滑行

我们玩沙

我们玩沙

我们曼妙的人体、黄金分割的人体

多么可爱

我们玩沙

我们玩沙

我们在一个古老的沙坡上

不断地发射着

——稚幼的笑声

2021. 5. 5

宁夏银白杨

我看见了太阳的鳞片

我听见了鳞片发出的声响

金色的声响

光的声响

绿的声响

银白杨，这西北大地的女儿

一路阳光如马，带你奔腾

带你所爱

你奔腾，带着时光的节奏
你所爱，就该把洪荒当纸
——写下这葱郁的诗行

2021. 5. 7

与老同学李谋朴相聚银川

西北有种
西北打铁

西北有呼呼大风
西北有大漠上的太阳加火
有黄河水淬火

西北有种
西北打铁

西北真狠
把一个来自江南的白面小子
和他的来自东北的小伙伴们
全都打造成了西北汉子

西北汉子喝酒就喝老银川①

西北汉子唱歌就唱大风歌

西北汉子的血管里流淌的是千年黄河

西北汉子的气概就像贺兰山一样雄峙

西北有种

西北打铁

哦，永远的西北铁匠铺子里

——铁声锵然

2021. 5. 7

---

① 老银川，宁夏名酒。

莲塘畈

一片莲叶在陆水湖上飘着
一个叫莲塘畈的小渔村在一片莲叶上飘着

蒲生，一个轻言慢语的渔家汉子
他和他的日子也在一片莲叶上飘着

"门前这两个鱼池是我的"

"你们村有出去打工的吗？"
"没有，没有，我们都在给这一湖水打工"

一群羽毛油亮的小燕子
打断了我们的谈话

转眼看去，几个安闲的老少
也在一片莲叶上飘着

一个健身的小广场也在一片莲叶上飘着

我思想里的声音和一些不知名的鸟音
——也在一片莲叶上飘着

2021. 6. 2

羊楼洞老街

是不是还记得，阁楼上的窗口
曾有一个粉墨登场的女人
她时不时探出头来
眼睛里，眨巴着的那点诡秘
好像就在什么时候见过

厘金专局，那个摇着大蒲扇的掌柜
他油光闪闪的额头，是不是还留着
今日"土豪金"一色的胎记

药师走了，药农累了
药铺空了，药柜还在
药香残留，弥足珍贵

三天，又三夜
四个邮差就有三个没有回来
最小个子邮差倚坐在门槛上睡了
一轮光绪二十九年（1903 年）的斜阳
正好落在了他黑瘦的脸上
他的脚边，一堆散乱的信札
犹如一堆散乱的时光

沙俄皇太子的鼻子真灵

居然闻到了 1891 年的一缕茶香

他来茶庄喝茶了，那个阜昌茶厂

也从此出大名了

檐柱上，几盏红艳艳的灯笼

是今人挂上去的

檐柱下，一位老太婆安闲地端坐着

你看她一眼，她就会回报你

——一个仿古的笑脸

2015. 9. 7

赤壁石

如果以为，赤壁是一堵红色的墙壁
——那就错了
其实，赤壁就是一块红色的石头

一块在火焰里炼过的石头
一块被曹阿瞒捡起又扔掉的石头
一块放在窗口，可以感受其匆匆行色的石头
一块抛向天边，也不担心坠落的石头

一块红色的石头
漂浮在一片蓝色的波涛上

蓝色，很壮美的蓝色
一千八百年前——
一位诗人遗落在长江的诗情，就是蓝色
一千八百年后——
一位母亲为儿子缝补衣裳时
留下的一小块布头儿，就是蓝色

哦，蓝色之上
红色不落

波涛之上

——石头不落

赤壁长江大桥之自由五言抒怀

长江涛声阔，源头发青藏。

当空一桥起，赤壁叹流觞。

太祖无桥过，火战到落荒。

三声大笑后，铜雀陪姬娘。①

公瑾无桥过，岂敢问北方？

一代风流客，巴丘英气凉。

卧龙无桥过，伏爪在襄阳。

天下三分说，东风解智囊。

仲谋无桥过，鲁肃助其强。

蒲圻立一县，幸得蒲草香。

玄德无桥过，迷眼篱上桑。②

托孤白帝城，阿斗难成王。

二乔无桥过，姓桥能怎样？③

大乔失孙策，小乔吊周郎。

可怜江山梦，国色也凄惶。

晋人无桥过，廿字述战殃。

---

① 曹操统一北方后，花重金向南匈奴赎回了蔡文姬。一说，曹操是出于与蔡文姬的父亲蔡邕的友情才这么做的。蔡文姬是东汉时期的著名才女，有《悲愤诗》传世。"铜雀陪姬娘"，意指曹操和文姬之间的文学生活。

② 《三国志·蜀书》之"先主传第二"有载，刘备家的房子东南角长着一棵有五丈多高的桑树，远远看去，树顶像小车盖一样，来来往往的人都说此树非凡，意味着这个人家要出贵人。刘备小时候，也在小伙伴面前夸口，自己一定要乘坐这个"羽葆盖车"。即表示他有当皇帝的志向。

③ 大乔和小乔，她们本姓就是"桥"。

大疫多死难，引军不商量。①

李白无桥过，拔剑四茫茫。

唯见一孤帆，把酒问月亮。

杜牧无桥过，磨铁认兴亡。

烟笼寒水静，隔江谁在唱？

东坡无桥过，故垒赋乱章。

千年战地史，箭矢释真相。

华夏几多桥，桥桥形之上。

地沟不可越，天堑何以航？

木牛难涉远，流马过隙长。②

断桥花无主，抱桥月有伤。

鹊桥苦相会，枫桥还惆怅。

铁桥哀伟烈，索桥挽悲壮。

今日可不同，楚河添桥梁。

行桥行街衢，载云载景象。

横槊一行诗，举虹舞大江。

江南推月色，江北就荷塘。

寅时渔舟早，卯刻稻菽浪

望天天灿灿，看水水苍苍。

晨参一粒露，夕与满天光。

此桥非彼桥，楚天一道杠！

2021. 7. 16

① 晋人陈寿在《三国志·魏书一》中，用了二十二个字描述赤壁之战："公至赤壁，与备战，不利。于是大疫，吏士多死者，乃引军还。"

② 木牛和流马，据传是诸葛亮发明的用于战时的交通工具。

第五辑

天生的秋日，诗语缤纷

天生的梅朵，落下锈迹

天生的老井，倒出山河

一颗固体的泪珠

【上篇】眼睛里的黑夜还在

1

一颗固体的泪珠
居然让我碰见

这世界级的奇迹
这悲悯而又珍稀的尤物
不知它是祸的，还是福的
还是祸福相倚的

也不确定它是死物，还是活物
说它是死的，又像一个活的墓冢
说它是活的，又像是一粒死去的誓词

还好，我一眼就看见了它昨日的光
那光，弱弱地
好像睡着了似的

2

那光，弱弱地

我大声地喊了一声
它抽搐了一下
我再大声地喊了一声
它又抽搐了一下

我禁不住满眼的泪水
连喊了三声
它一连抽搐了三下

没有错，它听到了我的喊声
没有错，多么像我弥留之际的父亲
听到了儿子的喊声

3

那光，弱弱地
若是从我的身体内跑出的
那就一定带走了我的灵魂
光背叛了我，灵魂也背叛了我
背叛我是应该的
我不配那光

不配那灵魂

黑夜里，光在燃烧
黑夜里，光在死去
黑夜里，我站成了黑夜

黑夜里，一节枯萎的闪电
被弃置在雷霆的废墟

4

那光，弱弱地
多么像一粒萤光
它何时走上了伟大诗情的祭坛？
原来，它是在我的夜色里闪现过的精灵

我凝视它的一刻
它缠绵地看着我

我长时间地走在一条黑夜的甬道里
它依依地伴着我

倏然，天地破裂了
甬道不见了
弱弱地，那光也不见了
我被卷入了一片黑色的涡流

向着远古沉落

天边一颗星
冷冷地看着我沉落
我闭上眼睛
做出自甘沉落的样子

5

应该确认，一颗固体的泪珠是一个发光体
但其光不在固体
其光不接受固体
其光在无所事事地游走

其光不在固体
但其光的根还在固体
其光，是宇宙之父一手拉扯大的孩子
但其光的根还吸附着固体

光在飞行
固体还有什么……

我啊
像个盲者

一颗固体的泪珠

光的母亲

6

学着小孩子的动作
我用一根小小棒触碰那尤物
几个回合，它连任何神经似的动感都没有

随后，我以热的呼气冲击它
不一会儿，它便在小棒上跳了起来
犹如一个天外来客
自顾自地一个舞者

它是固体
它的冷漠只是表象
它还有梦
还有飘扬
还有驰骋

我相信，时间会考验我的赤诚
我定然
还以热的呼气冲击它

7

若说，它是死物

那就是证明，有死必有活
它曾经活过
果真是死物
它就一定征战过

它还一定游弋过
一定在月亮湖里游弋过

不足为奇
它曾与夜阑为伴
曾与风雪为伴
曾与沧海为伴
曾与一方手帕大小的天空为伴

太阳鸟飞过的时辰
它与我少年的山野为伴
与矜持的百合为伴

一颗泪珠
不在固体的时候
与期期艾艾的文字为伴
与倒影里的天空为伴

8

眼泪之变

绝不像是丢掉了一件外衣那么简单

欺骗不是没有了，背叛不是没有了
孤独不是没有了
而是在一种切换

9

眼泪之变
并没有带来皆大欢喜

天宇之上，仍然有五色石落下的疼痛
火舌，仍然需要腾跃的空间
一条悠远的河流还是不去理会葬花令
而仍然以自己的卑怯
去安葬一个个大胆的诗魂

眼泪之变
古老的《诗韵》是唯一的慰藉
——她们像是一只只翠鸟
更像是人类前世的情人

眼泪之变
绝不只是把泥水抛给了云朵

土地还在

天空还在

眼睛里流淌过的黑夜还在

【中篇】 大檐草帽还在空中飞旋着

10

泪珠中，一片田畈闪亮了一下

一片田畈靠近一座山峦

一座山峦下有一块山岩

一块山岩下有一口清泉

清泉里，一种不知名的小鱼儿

悠然地弹着小尾曲

清泉边的石头上

还坐着村姑

还是那个远远地不肯走近我的村姑

还是那个坐在大门石墩上戴着一顶大檐草帽

半掩着脸面的村姑

远远地，我看见了那顶大檐草帽

像一朵小菊花

在太阳下优雅地飞旋着

一个眨眼
田畈不见了
山峦不见了
山岩不见了
清泉不见了
村姑也不见了

唯有一朵小菊花
还在遥远的太阳下
静静地飞旋着

11

不知是眼前的幻影
还是确有一具尸骨
哦，是确有的，泪珠里有一具尸骨
像一幅晶体内画
它微缩着，横躺在那儿
三千万年了

事情就是这样奇怪
一出现此类景象我就想到了自己
我也就是一具尸骨
也就成了一幅泪珠里的晶体内画
也就微缩着，也就横躺在那儿
三千万年也在所不惜

那泪珠真的是一个精灵
它好像看穿了我的心事
便向后面滑动了一下
只稍稍地滑动了一下
我就从晶体内画中滚了出来

我滚了出来
还借势翻滚了几个山壑和沟坎
落得一身败叶和水渍

12

泪珠里
摇曳着一棵水草
真是好的意境
仅是清新的水草还不够
浩渺之上，一只白天鹅悠然飞来
它一边绕着水草飞舞
一边吻着水草的尖尖

白天鹅的白
迷恋着水草的绿

水草的绿
勾引着白天鹅的白

它们啊，爱情的剧本里
正进行着甜甜蜜蜜的颜色革命

13

自从面对一颗固体的泪珠
奇怪的事情总是接连发生
那个曹阿瞒看到过的宇宙大观
我在泪珠里也看到了

果然，一个很像曹阿瞒的人一会儿若出其中
一会儿若出其里
他不像一个地球之人
他气色冷凝、神情夸张
他一直不往我这儿看

他应该往我这儿看
向我招招手，顺便寒暄几句
说说地球人的家常话，可是
他一直不往我这儿看

记得，我写过赞美曹阿瞒的文章
可是，一个很像曹阿瞒的人
一直不往我这儿看

14

黑夜再怎么黑，炉膛里的灰烬
总会守护着最后的几粒火星

黑夜再怎么黑，村姑照常旁若无人地大着嗓门说话
黑夜再怎么黑，有如神助
村姑一伸手，正好将我推进了更遥远的黑夜

黑夜再怎么黑，绊倒我的还是一大捆柴火
黑夜再怎么黑，一大捆柴火还是变成了一大堆石头

黑夜再怎么黑
也是个记性超强的小混蛋
它总是不会忘记要跟我说一句——
看不出村姑的手腕
——那么小

15

泪珠之外的恋情
不是一场寂静的进行曲
一片田畈上，一群劳作的妇人不时直起身子来闲聊
恰巧，她们看见了我

她们使用了什么魔鬼的力量
使我的背脊一阵发凉
我猛一掉头，一边流着泪
一边朝着家的方向奔走

远远地，村姑把头上的大檐草帽
猛地掀了下来，接着猛地一个飞甩
大檐草帽在空中飞旋起来

从此，大檐草帽
像一颗生了气的彗星
一直在空中飞旋着

16

大檐草帽还在空中飞旋着
乡间小道上
村姑的背脊已弯曲

即使转过身来，她也没有看我
她的目光也已弯曲

看着她的弯曲
在时空之下
好久好久，我也直不起身来

【下篇】 泪珠闪烁，我的影子也在闪烁

17

太阳伸出了慈父般的手
轻抚着一颗泪珠
可怜的固体没有报以知觉
也没有融化的迹象

可怜的固体成了一座城堡
我在城堡之外徘徊
我的影子则在城堡里踱步
城堡四周都有日出
都有庄严的颂唱

轮到日落
也是从城堡的四周落了下去
一旦日落了下去
城堡便失去了四周
我也失去了四周

是呀，这个空间问题
这个没有极点的生命

或要费了我一生的心力

18

泪珠一侧
不是人类夸口的地方——

但我还是忍不住说了
——我是信仰之人
我向着泪珠说
我要携同信仰一起进入它的世界

泪珠闪烁
并没有开门

我问泪珠
村姑何以进入

泪珠闪烁
依稀在说，村姑已是无爱、无恨之女

她的弯曲
是宁静里的弯曲
她的弯曲
不接受信仰的校正

哦，村姑还会从泪珠里走出来吗?

泪珠闪烁
我的影子也在闪烁

19

我么，一个十分普通的人类
一直以举着火把
以奔在征途而自豪

我么，一个十分普通的人类
已好几次跌倒在小人的眼睛里
而且自甘领受失败

我也一直很惧怕那种脸色油光的女人
她们定是富家的女人
一旦惹上她们，不直接死去肉身
也要蜕去一层绿皮

我想起村姑
她的黝黑脸庞就是太阳的馈赠

可是，一颗总在生气的彗星
永远都不会掉落

20

犹如一片树叶
我悬浮于一片枯黄的月色之中

一颗泪珠成为固体是奇迹
但我的悬浮不是奇迹
悬浮，是我的常态

悬浮不要多少代价
一行诗就够了
一行诗就足以将我悬浮于千古

不吃饭、不沐浴圣光
不接受骂战和冷眼，过着静静的日子
但一刻不悬浮，我将坠地而死

看着泪珠
我看见了悬浮着的自己

看着泪珠
我看见了，悬浮着的
还不止是我自己

21

有一个罪证
直指一颗泪珠埋葬过一个诗人
它在一个诗人的胸腔里站了起来
诗人没了
它诞生了

诗人的刀具、忧郁和荒诞也一并葬送于它
从生物学说，它没有罪
它是进化而来的
是从一位失败的诗人进化而来的

这就是说，能够见到它的
该是一个诗人的专属

从诗人那里
它继承了很多、很多
比如骑马，比如劈柴，比如说谎，比如忌恨
比如禅坐，比如燃烧

还比如
咖啡屋里的色诱和虚无

22

因与一颗泪珠结缘
我也有了诗人的禀赋
我也学着诗人的模样
面朝东方，手握香火
跪伏在那儿祈祷

我也学着诗人的模样
不断地重复着一种动作
即将自己的道路一次次掩埋于苍茫
又一次次地像挖出尸骨一样
在苍茫中挖出自己的道路

我也学着诗人的模样
在彩虹之上，吟诵着那些酸涩得不能再酸涩的
格言般的句子

我也学着诗人的模样
一会儿心血来潮给太阳送去寿幛
一会儿又送去挽幛

我也学着诗人的模样
一面高喊着当代写手们的名字

一面眼含热泪目送着他们
被新时代的搬运工
一个个搬进诗与人的殿堂

嘿嘿的梧桐树

嘿嘿的梧桐树
你的身体内，凤已来了，凰已来了
胸中琴瑟奏响
不死的火苗一起欢唱

嘿嘿的——喜欢高冈
梧桐树——也喜欢高冈
凤凰——也喜欢高冈

嘿嘿的——喜欢朝阳
梧桐树——也喜欢朝阳
凤凰——也喜欢朝阳

嘿嘿！
即即！
足足！
锵锵！①

嘿嘿的梧桐树
谁在东方之国出生
谁在四海之外翱翔

---

① "即即""足足""锵锵"，分别是凤凰雄鸣、雌鸣、和鸣之声。

嘿嘿的梧桐树

谁掠影于昆仑

谁饮涛于砥柱

谁濯羽于三千弱水

谁借宿于一万风穴

谁带来了天下安宁、吉祥①

嘿嘿！

即即！

足足！

锵锵！

嘿嘿的尊贵之树

嘿嘿的百鸟之王

嘿嘿的琴瑟悠扬

嘿嘿的钟鼓浩荡

嘿嘿！

即即！

足足！

锵锵！

嘿嘿的梧桐树

---

① 据《尔雅·释鸟》郭璞注：凤凰"出于东方君子之国，翱翔四海之外，过昆仑，饮砥柱，濯羽弱水，莫宿风穴，见则天下安宁"。

嘿嘿的，你的身体内，凤已来了，凰已来了
嘿嘿的，不死的火苗一起欢唱

嘿嘿的梧桐树
嘿嘿的——你的身体内，凤也来了，凰也来了

嘿嘿的——烈烈火场——
嘿嘿的——光芒万丈——

嘿嘿的 ，嘿嘿的，嘿嘿的
——爱者梧桐
嘿嘿的，嘿嘿的，嘿嘿的
——舞者凤凰

2014. 6. 1

看 水

最盛大的游戏开始了
水，不过三尺
天空，无限深远

云朵们率先登场
于是率先掉落
四分之一瓣的花蝴蝶翅膀
紧跟着掉落

石鼓上的故事壮烈展开
一炷香火孤寂如梦
它们的掉落
只是时间问题

时间之魔
铸造万物之魂
回眸，已被拒绝
仰望，无异于自欺

岸上的行者
以及我爱过的女人
一律穿着单薄，表情木然

他们本是桃花源来的
可是，穿过粼粼波光
居然，向着一个天国
掉落

南岸，一对年轻男女
刚刚还互相指着鼻子尖痛骂
可此刻，双双携手
像两条交媾的章鱼
也在掉落

我倒头，看看自己
也在掉落

这就意味着
我的道路、我的思想
我的全部光荣和屈辱
也在掉落

这也意味着
一场天地之盛大的游戏，以掉落开始
也必将以
——掉落结束

2017.7.8 写于小圆斋

太极神

时间进入：代表时间进入的是光
这一回，太阳也不是光的代表
它还流落在某个窗口
真正代表光进入的，是人工湖上的两节栈道
像一幅太极图
它的光，静静的光、陈旧的光
转动的光

绿色方块进入：一张广告画慢慢展开
再放上一个红色购物袋和一个灰色帆布小挎包
从红色购物袋里拿出四块正方形的绿色薄膜板
它们可以组装成一个大方块
也可以分装成两个长方块，还可以四块叠起

黑与白进入：从灰色帆布小挎包里拿出一个黑色水杯
随即杯盖打开，丝丝气息缭绕
杯盖的口子必须朝上，水杯与杯盖像一对小情人
并排站在湖岸边的青石上
再从红色购物袋里拿出一条毛巾
从两手间飘下
刚好落在了购物袋和小挎包之间
它的白，像一叶帆

格外打眼

神秘物质进入：从灰色帆布小挎包里
拿出一个透明的小瓶子
拧开盖子，一种水滴样的东西滴在手心
抹在脚心
什么物质，该滴出多少滴
是要一一数清的

(此刻，如果那张广告画突然飞动起来
我就会看见，在云端的父亲，双手正端着一个祭盘
里面装了一些腊月香的祭品
——向着村东头的庙宇疾走)

背景进入：人工湖上一片肃穆
小鱼儿偶尔的一次捣蛋
——掀起了涟漪
芒果树和椰树总在学着人类
要在这个地盘上争当主角

音响进入：一个带有曲线的小小的录放机
却很少放出音乐
即使放出音乐，常被一种跳拂尘的音乐打乱
封盖，再取代

(也好，跳拂尘的是一位穿着粉色衣服的老太太

她温和地笑着，看得出她年轻时的娇小和逗人）

主人翁进入：脱下脚上的奶色皮鞋

齐整地摆放在薄膜板的旁边

一双黑色袜子横放在皮鞋的上面

他身材不算高大

敦实，像个碑柱

他衣装老旧，算不上白的衬衣，算得上黑的裤子

他眼睛凹陷，表情木然

立正、挺胸，一双赤脚站在两块组装的薄膜板上

像一尊古猿

动作一进入：晃动脖颈

一个青铜器样的头颅

作半周运动

动作二进入：耸肩

左耸肩，右耸肩，左右耸肩

耸肩过于温柔，并不出彩

动作三进入：双手平起

举起、落下、蹲下

两手交叉在膝头

作农人在田头歇息状

——如此往复数次

动作四进入：仰望天空

脖颈与躯干的夹角 120 度

一分钟

两分钟

三分钟

深邃的天空

落在了深邃的眼里

动作五进入：唯一的一次

他赤脚沾地了

一个石砌的高台上，四块薄膜板叠在了一起

把脚后跟放在上面，压腿

这要功夫

不可打弯

动作六进入：再穿上黑色的袜子和奶色的皮鞋

双脚依次离开薄膜板

深呼吸，太极运动这才开始

伟大的太极机器已被拆成了零部件

一些零部件可使用

一些零部件一再使用

一些零部件已折损

一些零部件脱离了一阴一阳的轨道

一些零部件成了锈体，遭到弃置

有慢镜头显示

他，居然在日月之光华的拥抱之中

动作七进入：粗看

动作七是对动作四的重复

——还是仰望天空

脖颈与躯干的角度还是 120 度

但青铜器样的头颅已向东方侧转 30 度

两手握拳，小幅抬起

似要翱翔

凹陷的眼里发出雄光

（东方天宇，尽有太极神的红颜

没有大风，偶有小风吻过他的额际）

动作八进入：一分钟、两分钟、三分钟

再加一分钟

再加一分钟

再加一分钟

——还是仰望，还在仰望

哦，仰望就是行礼

虔诚的行礼

崇高的行礼

他在天地间行礼

他在时间之外行礼

人工湖两岸上的芒果树和椰树

以至一切生物

也在和他一同仰望

———同行礼

2017. 9. 23

2018. 1. 19 小有改动

雪的六边形

第一边　白蝴蝶之死生

在雪的第一边
出现了令人难以置信的一幕
已经死了的白蝴蝶
却在冥冥之中
进行了一场豪赌
危险万分，它已处在伟大日出的边缘
哦，幸运之雪落在了她的翅膀上
它再次活了过来
仿佛化鲲为鹏了
她再次飞了起来
她九万里、九万里地飞
九重霄、九重霄地飞
她算不上一只胸怀大志的白蝴蝶
然而，只要她飞了起来
天空啊，也就十分情愿地
俯下身子
——扮演了它的影子

第二边　乌鸦祭

这黑色幽灵

不知举过多少次火把了

也不知烧毁过多少个白日了

它一次次故伎重演

从未失手

可是这一回

它坠亡在雪的第二边

那是一片雪芒刺眼的土地

它的一瞬

确实闪耀了一下

但是，它的火把已经散落

那些准鬼的事物

以及那些纵深的思想

拒绝了它的召唤

有多事的人类将它提了起来

然后扔了出去

像是扔出一小袋子

——不朽的灰烬

第三边　雪花如血

有人说，梦见落雪不吉利

我信一半

也不信一半

反正一梦见落雪

我就能飞

一个高坎一个高坎地飞

一个山岳一个山岳地飞

不用担心

每一次，我都信心十足

只要一个跺脚

一个纵身

就飞了起来

一旦动力不足

落到了地上

我就又一个跺脚

又一个纵身

就又能飞

我飞，也偶尔腾出一点点目光

看看远方

看看雪的第三边

那里飘飘洒洒

——雪花如血

第四边　虚无的脚印

在雪的第四边

伟大的雪神一笔勾画出了

无数的脚印

比如，人类的脚印

（包括我的父亲用草绳紧紧扎着的

破胶底鞋留下的脚印）

还有兽类的脚印

（包括那只被山民们

堵在石洞里打死的金钱豹

的大梅朵脚印）

还有鸟类的脚印

（包括那几只在雪树间

跳上跳下的小麻雀的脚印）

还有太阳的脚印

那是在万千花蕊间

跳着踢踏舞的脚印

（很遗憾，就是缺少了

那些谦卑而优雅的小虫们的脚印）

哦，一览无余的脚印们

全都连在了一起

全都带着圣洁的光芒

——奔向了虚无

第五边　槐花词

一个山乡少年

伸出手掌

接住了一树飘零的槐花

他把槐花反复搓揉了一番

再堆到一起

堆成了一个金色小人样

少年再用两块小小的栗木炭

给那金色小人样安上了眼睛

可是，那眼睛

一忽儿就掉在了地上

少年不肯罢休

再把眼睛安了上去

可还是掉在了地上

少年气馁了

他一阵奔跑

攀上了雪的第五边

竟然看到了那么多金色小人样

和一整个儿冬天的阳光

也全都

——掉在了地上

第六边　耳环

雪的第六边

有些幽远

那里坐着一个抽烟的女孩

她下巴儿压在右腿的膝盖上

她整个儿瑟缩着

闷着头吸一口

吐出烟圈儿

再吸一口，吐出烟圈儿

再吸一口，猛然抬头

吐出苍茫

为何，一定要弹掉烟灰呢？

就像这个老迈的宇宙

命数里自有燃烧、自有膨胀

也自有破败和掉落

她起身走了

她带着一股子气浪走了

她吐出的最后一个烟圈儿

就像她故意扯掉的一只——耳环

——在空中停留了许久

2019. 3. 7

2019. 10. 8 修改

芒萁

【上篇】当黑夜之河奔涌于面颊

1

在山脚下就是爱情
到了山顶就是色诱
那我就只能在山坡上
在每一枝叶间
——放养我的诗歌

2

是的，这是我的一个发现
你的名字是可以拆解的
看似是笔画的拆解
其实是声息的拆解
当自由的天空突然坍塌时
呼吸着你的声息，拆解着你的名字
成了一个囚禁者

——打发时光的秘诀

3

想你的方式
就是在你的声息里飘游
想你的月夜
一定会打上一层
——薄薄的霜色

4

你名字里的一枝一丫
也只能在春天里
才可搭建成万物的小屋
小屋太神秘
每个小屋只能显现一次
小屋的主人
早已和你共用着一个名字
——冬天里的春天

5

小屋里飘出来一把小黑伞
小黑伞下，一只倦怠的狼狗
正滚动着一个西行的铁环

6

这还用说吗
你眼睛里的珍珠一般的色诱是天生的
但可怜的人类
为什么一定只在意说出爱情
而一律红着脸，拒绝所有
——袒露的色诱呢？

7

色诱的火焰一旦退却
天空下，所有的肉身
都将幻变为——灰烬的几何体

8

站在你的身旁
闻着你的声息
冷冷的、冽冽的、芬芳的、清艳的
色诱之蛇千万条
最迷人的是你这一条

9

一轮又一轮舞曲之后

你优雅地
竖起了
色诱的
——天梯

10

爬行于你的天梯
才知道我是多么恐高
我不配做一个非凡的
——攀爬者
我没有退路
在天梯上跌落
——是迟早的事情

11

当黑夜之河奔涌于面颊
色诱之蛇
依然占据了
——光焰般的卵巢

12

我用一支画笔
画过一钩静月

我要把一钩静月画得像你的眼睛
我要让这世间
一切蓬蒿里的道路
以色诱的名义
——开启天穹般的想念

2018. 12

【中篇】 色诱之蛇仍在狂舞

13

谁引发了秋词
谁就埋入霜地

14

先走上山坡的人
要记得转身
先向桑梓——行礼

15

色诱之蛇仍在狂舞

雄性的火种却难以留存
还好，我的诗歌
已结成——剑鞘上的晶体

16

你的天梯上已空无一人
谁能，伴你的摇曳
——你的枯萎？

17

犹如某种祭祀
你在出门时
突然朝着天梯下的夜空
连打三声呼哨
哦，你在吓鬼吗？
却是
把人世间的我吓着了！

18

一只银色的手
从黑色的岩浆中拔出白日
可是，我的一只脚深陷其中
怎么也不能拔出

19

仿佛爬出一个洞穴
我一旦爬出了"优雅"这个词境
我的诗歌
将在一种暴戾中
——现身

20

我坚信语词的力量
无限可能的语词是我的伙伴
无限可能的语词还是我一个思想者的向导
挽着它们一起走
黑夜里
——才有光明的眼睛

21

天生的事物是我的信仰
天生的秋日，诗语缤纷
天生的梅朵，落下锈迹
天生的老井，倒出山河

22

人类的街市，所有的物类都高于人类
人类的街市，尽是一些匆匆魅影
人类的街市，一张面孔吞噬了另一张面孔
人类的街市，一片噪音埋葬了
——另一片噪音

23

飞越吧！
哦，这不过是昨日的号令
还能飞越到哪儿去呢
你还在
那个石头还在
那个一成不变的里程碑
——还在

24

优雅女神
我的诗歌之神

25

百合花里，月光在掉落

老去的世界
——一起掉落

26

做个石头吧！

做个石头，听得见你的呼吸

做个石头，你踩着了石头

做个石头，你抱走了石头

做个石头，做个普罗米修斯的石头

哦，庄严至死

比做个欢歌笑语的诗人

要好上十倍，百倍

——千倍

2019. 1

【下篇】 人类的黄昏是个粗俗的画家

27

一路是种药人的脚印

一路是挖药人的脚印

你举起的是
——种药人的脚印

28

你来了，我们互为影子
你走了，我的肉身就开始哼唱——
一枝疏于云朵
一叶亲于泥香
太阳下的影子
——越来越长

29

一只善变的樱桃唇
要变
——就变成一个枪口

30

春天里飞来一千只彩蝶
我一低头，它们就收住翅翼
我一抬头
——它们就无限纷飞

31

冷寂的月宫忽地变成了手帕

手帕忽地变成了挽幛

挽幛忽地落在了山坡

山坡，忽地

燃起了一炷八月十五的桂香

32

一只金蝴蝶

从梦幻的天道飞来了

我简直看清了它疲惫的翅膀

我把这奇迹中的奇迹告诉你时

才看见你的笑涡里

打着漩的

——正是一只类似的蝴蝶

33

我以至相信

我的箭矢，必定有一次击穿过莲花

我的小小萤虫，必定有一次失落在楠竹林的故乡

我的命运，必定有一次越过了

——刀锋之上

34

我常常想望着
我们还挤在同一个草本小屋
但千万不要被那个唱山歌的男人打扰
只聆听着
万千谷芽在一片芬芳的气息中
——噼啪生长

35

芒萁之吻，我的苦涩之吻
芒萁之吻，我的溃败之吻
芒萁之吻，我的山河之吻

36

人类的黄昏是个粗俗的画家
它最擅长的，就是
模糊着一切光芒的瞳孔
然而，它这回胡乱的一笔
竟然画出了辛波斯卡的鼻尖
不用迟疑了，我平静地
喊出了
——一个东方女人的名字

37

芒萁！芒萁！
青云之上，天穹之下
芒萁！芒萁！
小虫一样的行走者
芒萁！芒萁！
这大地爱情的符号学
芒萁！芒萁！
谁的诗魂千秋不朽
芒萁！芒萁！
谁的情魄
——万古一殇？

2019. 2

一匹马

一匹马
一匹看不见的马
一匹挂着年号的马
一匹与我一同降生的马

一匹马
——跟着我

我姓什么叫什么
一匹马，它就姓什么叫什么

一匹马有时昂立似梅
有时匍匐如菊

一匹马，一匹靠着太阳的血气生成的乌有之马

一匹马
——跟着我

一粒雁鸣似的
我住在家乡的云朵之上
一匹马，也一粒雁鸣似的

住在家乡的云朵之上

月光是一把草
一匹马怎么吃也吃不完
月夜是一个马厩，却关不住一匹马
一匹马一甩尾巴
扫着了星辰

一匹马
——跟着我

我想它来，它就来
我想它在，它就在
可是，我想它走，它偏偏不走
我想家时，它一点也不参与的样子

一匹马
冷漠的马

一匹在时光的蕊里翘首的马

一匹算命先生摸过面相的马

一匹喝西北风也能奋蹄的马

一匹马

——跟着我

我奔向我的女人
一匹马也奔向我的女人

我的女人是一只美丽的燕子
一只夏天的美丽的燕子

一匹马
一匹疯狂的马，飞翔的马
一匹孤独的马，理想主义的马
天真的马

一匹马
踩疼了一只燕子

一匹马
踩疼了我的女人

一匹马
踩疼了我的春天

一匹马
画了一千个女人
一千个女人里
只有一个是我的爱人

一匹马

一匹天行的马

一匹爱情的马

一匹马，向着我的昨天

说着苦难的暗语

一匹马

一匹情义无价的马

一匹马，陪护在我去往天堂的路上

一匹马

——跟着我

一匹马

——跟着我

一匹马

——跟着我

2020. 6. 6

树洞，树洞，及庄子的逃逸

树洞，树洞，这天地陈列馆一样的树洞
一些虫子、卵子、石子、狮子挤在了一起
一些足印、爪痕、彩虹、蚂蚁、萤光、星光挤在了一起
一些不明来由的声息、呓语和色彩挤在了一起

树洞，树洞，这隔绝一切的树洞
到底也不能隔绝一切，也总有鱼儿踩在龙的肩上
也总有鲲踩在鱼儿的肩上
也总有鹏踩在鲲的肩上
也总有阴阳相拥的冷月，踩在鹏的肩上
也总有鹏踩在时空的肩上

树洞，树洞，祭拜者的树洞
一只蛙死了，依然有鼓声浩荡
一阵风死了，依然有扶摇九重
一支火焰死了，依然有东方泛起日光

树洞，树洞，谁家的树洞？
什么时候，树洞里发生了一场
不该有的搂抱和交媾
从而，树洞里立满了人模、人样、人面、人畜
人鬼、人精、人尸、人骨

树洞，树洞，这不该有的树洞
这万古苍茫的树洞，这拟人化的树洞
到底，还是发生了一场不该有的逃逸
这不该有的逃逸，叫作一只金蝴蝶的逃逸

而一只金蝴蝶的逃逸，也叫作一滴太阳血的逃逸
而一滴太阳血的逃逸，也叫作庄子的逃逸
而庄子的逃逸，也叫作一个贫穷诗人的逃逸

而一个贫穷诗人的逃逸，也叫作

——第三宇宙之自由者的逃逸

2020. 7. 11

长城辞

天行健——就是这个图景

地势坤——就是这个图景

见龙在田——就是这个图景

飞龙在天——就是这个图景

鲲鹏之逍遥九万里——就是这个图景

羲和御车载日，其路漫漫兮——就是这个图景

一道神鞭赶不动山了，便沉重地

落在了父亲的脊背上——就是这个图景

在一段旷世的悲情里

母亲号天恸哭而引发的一场时空坼裂

——也就是这个图景

一种与中华子孙亲缘而壮烈的脉动

——也就是这个图景

一堵墙——

分出天地，分出阴阳，分出肝胆

分出王寇，分出你我，分出春秋

英勇者凭着它抗击英勇

怯懦者凭着它护卫怯懦

一边有孤独者抱守残照，自恋于一磬光阴

一边有幻想者持正虹色，欺罔高下

历史是一位初嫁的村姑，她不会丢掉每一块镜子的碎片——

即便是傻瓜蛋的恶作剧吧

只要它信有民族之本分

就有它不朽的理由

不看到你，谁又能相信

生于忧患者正是你

正是那些潮涌般的不安和躁动成了催生你的产床

正是一次又一次巨大的推翻，让你有了岿然的资本

不看到你，或以为千年的沉毅

仅是你初衷的一个悖论

不看到你，或以为人类的善良

可以阻绝天堂的鹰犬

不看到你，或以为摧毁了逻辑，就躲过了杀戮

不得已的战争谎言么

魔鬼可以止步于一次舞曲么

回头看吧——

古希腊的盾牌上

也添上了夺目的彩绘

其实，纷扰与沉毅

这一非凡的映衬是天道所在

是风月之清幽所在

是江山之险要所在

要让诗人们读出长城的精神来么

那就直接拒绝了孔雀式的虚荣

长城啊，你是无比珍稀的诗性宝物
你是诗艺最丰盈的仓廪
唯诗有种！
诗人已通过自我征服，而完美地征服了上帝
诗人，是最后人性的长城

密匝匝的来者
密匝匝的去者

到长城来
我们的心底里不断地发出设问——
我们的血性是否已散失在途中？
我们乐于装扮天姿，可是熠熠光彩是不是忧天的内容？
哦，我们应该懂得武库森严的原理
我们应该懂得一砖和一墙互为呈现的原理
我们也应该懂得诸侯国纷争的原理

——那些血泪，那些疮痍，那些风云
那些山鹰折翅一样的命数
那些水魄山魂一样的号子
那些不绝如缕的关乎至尊的北方愁绪——
都一股脑儿连带了那些极权者的信奉和主义
而垒进了苍茫

到长城来，我们难道忘了
——神圣的救赎留下的是寂寥的门庭
到长城来，我们难道忘了
——灵魂在等候，灵魂有不变的虔诚
到长城来，我们难道忘了
——伟大的化石家族，还挽留着残败的躯体
——到长城来，我们难道忘了
战争和观光都一样摇曳着思想和艺术的幌子

密匝匝的来者
密匝匝的去者

所有的来者都与誓愿相关
所有的去者都与昨天相关
所有的足迹，都与前世丢失的那一颗心灵相关
所有的心灵都与边塞相关
所有的边塞都与血腥相关
长城啊，你为我们的远望造型
为我们的信仰造型
为我们的领域造型
为我们壕堑上的星夜造型
也为这个世界的原则造型

密匝匝的来者
密匝匝的去者

今日

依着你的墙体，是我思索的一个方式

依着你的墙体，你的光照和沧桑已化为我意志的分子

依着你的墙体，无异于依着真理

依着你的墙体，无异于依着我的民族、我的人民

依着你的墙体，就是依着你回归时间的深处

依着你的墙体，我才知道了

——你绝不是一个无常而虚空的譬喻

依着你的墙体，我才看到了

天道在上，你当属于人类行止之峰岭上

一道最绝妙的语境

依着你的墙体，聆听我们雄壮的进行曲吧……

哦，伟哉，长城！

——伟哉，长城！

2021.7.22 写于在有书屋

图书在版编目（CIP）数据

芒萁 / 陶发美著. --武汉：长江文艺出版社，
2022.9
ISBN 978-7-5702-2627-6

Ⅰ. ①芒… Ⅱ. ①陶… Ⅲ. ①诗集－中国－当代
Ⅳ. ①I227

中国版本图书馆 CIP 数据核字(2022)第 054428 号

芒萁
MANG QI

责任编辑：胡　璇　　　　　　　责任校对：毛季慧
封面设计：川　上　　　　　　　责任印制：邱　莉　　王光兴

出版：长江出版传媒　长江文艺出版社
地址：武汉市雄楚大街 268 号　　邮编：430070
发行：长江文艺出版社
http://www.cjlap.com
印刷：武汉中科兴业印务有限公司

开本：880 毫米×1230 毫米　　1/32　　印张：9.375　　插页：2 页
版次：2022 年 9 月第 1 版　　　2022 年 9 月第 1 次印刷
行数：6903 行

定价：58.00 元